조선동포에게 고함

原題 — 夢拜金太祖

조선동포에게 고함

原題 — 夢拜金太祖

박은식 저
김효선 역

배영사

역자 해설

"조선 동포에게 고함"은 박은식(朴殷植)선생이 1911년 망명지인 만주 서간도 환인현에서 몽배 금태조(夢拜金太祖)라는 제목으로 집필한 중편소설 형식의 글이다.

이 글이 쓰여진 당시의 상황은 조선이 일본에 강제로 합방당한 직후로서 조선 팔도가 망국(亡國)의 비탄에 젖어있을 때였다. 이 때 박은식 선생은 나라 잃은 한(恨)을 안은 채 만주로 탈출하여 지사(志士) 윤세복(尹世復)의 집에 의탁해 있었다. 1905년 을사늑약을 전후하여 교육과 계몽에 관해 많은 논설을 발표하고, 국가의 위기를 극복코자 학회를 창설하고 학교를 설립하는 등 교육에 온 힘을 쏟아 부었던 박은식 선생은 그의 표현대로 "뇌성벽력과 같은 한일합병으로 인하여 수많은 학회와 학교 등이 불구덩이 속에 빠져 버리자" 더 이상 조국에 머무를 수 없음을 깨닫고 만주로 탈출하였다.

남의 노예가 된 조국의 비참한 현실 속에서, 어쩌다가 내 나라가 이 지경이 되었는가? 어떻게 하면 이 치욕적인 상황을 탈출하여 민족의 자존심을 되찾을 것인가? 하는 일념으로 자나 깨나 생각에 생각을 거듭하던 박은식 선생이 정성이 지극하면 귀신도 통한다는 말대로 신명(神明)을 감동시켜 얻어 낸 결론이 바로 몽배 금태조라고 할 수 있다.

몽배 금태조는 단조로운 구성의 소설체의 글이지만 어떠한 내용의 글보다도 사상성(思想性)이 농후한 글이다. 그리고 단 한마디도 허세에서 비롯된 것이 없음으로 인하여 읽는 이의 가슴에 공허한 여운을 남기지 않는다. 뿐만 아니라 가슴을 치며 통곡하는 듯 한 준엄한 자기 비판 앞에서 읽는 이라면 누구나 숙연해지지 않을 수 없으며, 자라나는 후세들에게 새롭고 좋은 교육을 시키고자 하는 절절한 그의 소원이 꿈속에서 펼쳐질 때

가슴 찌릿한 감동을 느끼지 않을 사람은 없다.

우리는 이 글을 읽으면서 1808년 나폴레옹군 점령하에 있던 독일의 베를린 학술원에서, 열네 번에 걸쳐 행해졌던 J.G.피히테의 "독일 국민에게 고함"이라는 제목의 강연을 생각하게 된다. 박은식 선생이 몽배 금태조를 쓴 1911년과 피히테가 "독일 국민에게 고함"이라는 강연을 했던 1808(정확하게는 1807년 12월 13일~1808년 3월 12일, 매주 일요일)년은 시간상으로 약 100년의 간격이 있다. 그러나 나라를 잃은 처절한 상황에 부딪쳐야만 했던 지식인들의 고뇌는 시간과 공간을 초월하여 그 맥이 통하는 것임을 두 글을 읽어 본 사람이라면 누구든지 느끼게 될 것이다. 따라서 이 글에 제목을 다시 붙인다면 "조선 동포에게 고함"이라고 해야 할 것이다.

박은식 선생과 피히테는 자기 시대의 문제를 파악하는 데 있어서는 다소 시각을 달리 하고 있었으나 새로운 교육에 의해서 국민을 각성시키고 민족정신을 격양시키는 등 국민을 새롭게 태어나게 하지 않는 한, 짓밟힌 민족의 명예를 되찾을 수 없다는 데에 대해서는 의견을 같이하고 있다. 그러나 피히테의 강연에서는 그

당시 독일 국민의 도덕적인 타락과 이기주의 등 사회의 부패를 다소 지적하기는 했으나, 몽배 금태조에서 볼 수 있는 바와 같이 자기의 치부를 낱낱이 드러내 놓고 가혹한 비판을 서슴지 않는 뼈아픈 자기 반성은 찾아볼 수 없다. 그 보다는 오히려 어떤 민족보다도 우수한 독일민족, 게르만족 가운데에서도 독특한 개성과 우월성을 가지고 있는 독일민족이라는 스스로의 평가와 함께 자만에 가까운 자부심과 긍지를 저변에 깔고 있음을 볼 수 있다. 그것은 자칫 배타적인 애국주의로 흐를 소지를 가지고 있었다고 해도 지나치지 않을 것이며, 따라서 "독일 국민에게 고함"은 극단적인 민족주의를 표방하는 연설에 지나지 않는다는 혹자의 평도 전혀 근거가 없다고는 할 수 없을 것이다. 그러나 어찌되었건 피히테의 강연은 19세기 초 나폴레옹의 제국주의적 침략의 와중에서 독일 민족에게 고한 눈물 어린 연설임에는 틀림없다. 그리고 박은식 선생의 몽배 금태조는 20세기 초 열강의 각축 속에서 우승열패와 약육강식의 논리에 따라 강자의 희생물이 되어버린 조국의 동포들에게 고하는 피맺힌 절규였다.

몽배 금태조는 나라를 잃고도 부끄러운 줄도 모르고 염치없이 살아있는 사람이라는 뜻의 무치생(無恥生)을 주인공으로 하여 전개되는 글이다. 박은식 선생 자신이라고 볼 수 있는 무치생이 백두산 천지에 올라가 과거 12세기에 중국의 요나라와 송나라를 멸망시키고 금나라를 세웠던 발해 유민의 후손인 금나라 태조와 주고받는 대화체의 소설이다. 우리 역사상 수없이 많은 훌륭한 인물들을 제쳐놓고 박은식 선생이 유독 금나라 태조를 등장시켜 조국과 민족의 문제를 논하게 된 데에는 크게 두 가지 이유가 있다고 보아야 할 것이다.

첫째는 그의 역사적 인식과 관계가 있다. 박은식 선생은 금나라는 발해의 후손이 건국한 나라이므로 곧 우리 민족이 건국한 나라인 것이고 따라서 금나라 역사는 당연히 우리 역사의 일부로서 편입되어야 한다고 보았다. 실제로도 박은식 선생은 1918년 망명지에서 금나라 역사와 발해의 역사를 한글로 저술 출판하여 우리 동포들이 읽을 수 있도록 하였었다. 박은식 선생은 자기가 망명하여 발붙이고 있는 만주 일대가 발해의 옛 땅으로서 원래는 그 곳에 살고 있는 사람들도 같은 민족이었으나 발해가 망한 이후 백두산 이남에 살고 있는 후손들이 옛 땅을 회복하려고 하지 않았고, 지리적으로도 백두산 두만강 압록강 등의 장벽이 두터울 뿐만 아니라 그것이 국경이 됨에 따라 국경을 넘어 왔다 갔다 하는 자에게는 중벌을 줌으로써 결국 교류가 없이 세월이 흘러, 이제는 서로 다른 민족처럼 되고 말았음을 애석하게 여겼다. 따라서 박은식 선생은 송나라를 멸망시킨 금나라나 명나라를 멸망시킨 청나라의 민족들이 모두 우리 민족과 계보를 같이 하고 있으므로 배금(排金)사상이나 배청(排淸)사상은 잘못된 것이며 과거 우리 유생(儒生)들이 배금, 배청했던 사실에 대해서는 그 원인을 노예사상에 물든 탓이라고 비판하였다.

둘째로 박은식 선생은 약육강식, 적자생존의 법칙이 지배하는 국가와 민족간의 생존경쟁의 장에서 나라가 망할 수밖에 없었던 중요한 이유 중에 하나로서 우리나라가 수백 년 동안 숭문천무(崇文賤武 : 글은 숭상하고 무력을 천시함)의 풍조로 인하여 문약(文弱 : 글만 받들고 실천과는 떨어져 나약함)에 흘렀던 사실을 지적하고 있다. 따라서 무예에 뛰어난 영웅호걸이 일어나기를 간절히 바라는 마음에서 금나라 태조를 등장시켰다고 볼 수 있을 것이다. 왜냐하면 만주를 무대로 하여 살았던 발해족의 후손인 금나라 태조 아골타는 조그만 여진족 부락에서 일어나 중원으로 쳐들어가 거대한 중국을 석권한 뛰어난 용장이었기 때문이다.

그리고 덧붙여 생각해 볼 수 있는 것은 이 글이 만주를 무대로 썼을 뿐만 아니라 박은식 선생이 당시 그 곳에 설립되었던 학교(당시 서간도에는 열사 윤세복이 그의 형 윤세용과 함께 세운 동창학교, 백산학교, 대흥학교와 대종학원이 있었다)에서 교재로 이용할 것을 염두에 두고, 지리적 상황에 의거하여 만주지방에 많은 영웅들이 태어났으며, 그 중의 하나가 금나라 태조임을 강조하기 위한 데에서 금나라 태조를 등장시킨 이유가 있다고 볼 수 있다.

이제 몽배 금태조의 내용을 몇 단락으로 나누어 그 특징을 살펴보는 것은 내용을 이해하는 데 다소의 도움이 되리라고 생각한다. 원래 원문에는 단락의 나눔이 없었으나 한글로 풀이하는 과정에서 한 줄 띄우는 정도로 몇 개의 단락으로 나누어 내용의 변화를 암시하였다. 그리고 내용 가운데 약간의 설명이 필요한 부분은 ( )로

표시하여 독자의 이해를 돕도록 하였다.

첫째 단락 : 무치생이 꿈을 꾸기 전의 도입부로서, 모든 인연을 끊고 뜬 구름처럼 압록강을 건너 민족의 옛 땅 만주벌판으로 들어간 무치생이 백두산을 기점으로 한 만주일대의 지리와 역사를 훑어보면서 장탄식과 함께 앞으로의 이야기 전개의 실마리를 만든다.

둘째 단락 : 단군 할아버지의 강림을 기념하는 음력 10월 3일, 기념식을 끝낸 무치생이 단군 할아버지의 가르침을 받드는 대종교의 이치를 골똘히 생각하다가 잠이 들고 만다. 꿈속에서 무치생은 백두산 천지에 올라 금나라의 태조를 만나면서 한 편의 긴 토론을 하게 된다. 박은식 선생은 여기에서 그의 사상의 철학적 기초가 유학이었음에도 불구하고 이야기를 전개시킴에 있어 윤회설(輪回說 : 사람은 죽어도 다시 태어나 생이 반복된다는 사상)이나, 천당과 지옥, 복선화음(福善禍淫 : 착한 사람에게는 복이 오고 못된 사람에게는 재앙이 옴) 등의 내용을 빌리고 있다. 아마도 이것은 일반 민중 사이에 일반화된 관념을 매개로 하여야 보다 내용이 설득적일 것이라고 생각했던 까닭에서 연유한 것 같다. 그리고 박은식 선

생은 이 글을 통하여 그 시기의 선진적 지식인답게 H. 스펜서의 사회진화론을 동양적으로 소화한 자강론의 틀 속에서 자기 시대의 조국과 민족의 문제를 진단하고 그 처방책을 모색하고 있다. 따라서 이 단락에서는 우리 민족이 남에게 짓밟힌 것은 약육강식과 적자생존의 법칙이 적용되고 있는 생존경쟁의 장에서 시대에 적응하지 못한 약자였기 때문이었음을 지적하고 있다. 자강론을 일반 민중이 이해하기 쉽게 "하늘은 스스로 분투노력하여 강해지는 자는 사랑하시고 자포자기하는 자는 싫어하신다." 또는 "하늘은 스스로 돕는 자를 돕는다." 등의 금언으로 바꾸어 우리 조국과 민족이 비참한 지경에 처하게 된 까닭을 그러한 틀 속에서 설명하고 있다.

셋째 단락 : 이번에는 우리 자신에게 눈을 돌려 나라가 망한 원인을 분석한다. 무치생인 박은식 선생은 유학자로서의 자기의 부끄러운 부분을 여지없이 노출하여 해부하고 비판함으로써 나라가 망한 데 대하여 유학자로 대표되는 지식인들의 책임을 날카롭게 지적하고 있다. 특히 박은식 선생은 우리 나라의 과거 수백 년 간

의 교육내용이 모두 실체를 버리고 허위를 숭상하게 하는 나쁜 버릇을 만들어 내었으며 어린아이의 머릿속에는 노예사상을 불어 넣음으로써 노예근성을 가지게 하여 다른 나라의 문물이 자국에 적합한지의 여부도 따져 보지 않고 무조건 지극히 좋고 훌륭한 것으로 인식하게 만들었음을 통탄하고 있다. 이 대목은 문화식민지의 폐해가 어떠한 것인가를 독자들에게 일깨워주고도 남음이 있다.

넷째 단락 : 그러나 박은식 선생은 단군의 후예로서의 민족성에 대한 신뢰를 잃지 않는다. 그는 현실을 분석하여 현시대에 세계 각 민족이 힘의 우열로서 생사가 판별되는데, 힘은 지식으로 말미암아 생기고 지식은 학문에 의해서 얻어지는 것이므로 교육이 발달한 민족은 생존하고 교육이 쇠퇴한 민족은 도태될 수밖에 없다고 보고, 교육을 통해 국민정신을 개조하고 힘을 기를 것을 역설한다. 그리고 국가를 구할 수 있는 기개와 담력과 용기가 있는 강력한 민족의 지도자가 나타나기를 고대한다. 국가와 민족이 멸망해가는 상황에서 수수방관하며 자기 한 몸 깨끗한 것을 도모하기 위하여 백이ㆍ

숙제를 운운하며 도피, 은둔하는 자는 그 죄과에 있어 매국노와 조금도 다를 바 없음을 강조한다.

다섯째 단락 : 우리민족이 이 시대에 도태되지 않고 제힘으로 생존하기 위해서는 암흑시대와 부패한 시대에 태어나서 고질적인 습성이 몸에 밴 기성세대에게 기대하기 보다는 자라나는 청년 자제들을 교육하여 신국민을 양성하는 것이 유일한 길임을 주장한다. 그러면 어떻게 청년 제군들로 하여금 과감한 용기와 자신력을 가지고 4천 년 역사를 빛내고 민족을 자존시키는 중대한 책임을 감당케 할 것인가? 그것은 무엇보다도 인격의 근본적인 마음을 수련하여 확고히 수립하는 일이 가장 중요하며, 마음을 갈고 닦아 수련하기에는 오늘과 같은 민족의 고난은 더 없는 기회이자 하늘이 마련해 준 기회임을 알아야 한다고 주장한다. 이 단락에서 박은식 선생은 자라는 청년들을 새롭게 교육함에 있어 가장 중요하고도 기본적인 확고한 정신적인 지주나 마음의 줏대를 가지게 할 수 있는 철학은 양명학임을 말하고 있다. 그는 정신교육으로서 양명학이야말로 가치관의 혼돈 속에 있는 자기 시대에 가장 적절한 철학이라

고 믿고 있다. 전체 민족의 단결된 정신과 단결된 힘이 없는 민족은 다른 민족에게 굴복하게 마련이다. 박은식 선생은 우리 동포들은 큰 단체는 말할 것도 없고 몇몇이 모인 작은 단체라 할지라도, 심지어 국내에 살 수 없어 해외에 이주한 동포끼리도, 때로는 야비한 방법을 동원하여 닭장속의 닭싸움, 벌통속의 벌 싸움과 같이 서로 다투어 결국에는 분열됨으로써 타인의 웃음거리가 되는 자가 많음을 한탄하고 있다. 원래 우리 민족은 신성한 단군의 후예로서 온화하고 충순하며 총명하고 지혜로웠으나 오늘날 이와 같이 비열하게 된 것은 자기 자신을 비하하는 습관이 유전되어 비루한 성질을 양성한 까닭이라고 박은식 선생은 분석한다. 따라서 이러한 성향을 바꾸고 개조하기 위해서는 교육 이외의 방법은 있을 수 없음을 역설한다.

　여섯째 단락 : 금나라 태조와 대화를 마친 무치생은 금나라 태조가 세운 학교와 단군께서 4천여 년 전 개국할 때 세웠다는 각종 학교들을 참관한다. 이 부분에서는 박은식 선생이 구상한 학교 제도와 각종 교과목, 교사의 수준 등을 알아 볼 수 있게 된다. 그리고 더불어

민족의 긍지를 깨우쳐 주는 대목이기도 하다. 그러나 이 대목은 적어도 외형상으로는 박은식 선생의 상상력을 훨씬 초월하는 수준의 거대한 교육구조 안에서 교육이 이루어지고 있는 오늘, 우리 사회는 박은식 선생이 통한의 눈물을 흘리며 들추어 낸 우리들의 치부가 과연 깨끗이 없어졌는가 하는 의문을 가지게 만든다.

일곱째 단락 : 끝으로 박은식 선생은 역시 자강론의 틀 속에서 자기 시대가 강권주의나 제국주의에서 점점 세계인권 평등주의로 진화해가는 추세임을 설명하면서 우리의 청년 개개인이 모두 지도자의 자격을 스스로 갖추고 자강자립하여 세계의 자유와 평등의 선봉이 될 것을 동포 형제에게 간절히 호소한다.

경술국치 이듬해인 1911년에 쓰여진 이 글이 식민통치 36년 동안 금서(禁書)가 아니고 만일 국내에서 간행되어 읽혀졌더라면 국민정신의 교육에 엄청난 영향을 끼쳤을 것이다. 그러나 몽배 금태조는 박은식 선생의 다른 저작과 함께 오랫동안 묻혀 세인의 관심을 얻지 못했다. 그 이유는 1925년 박은식 선생이 상해(上海)에서 서거한 후 문집출간을 서두른 사람들이 많았으나 자금 문제 등 여러 가지 이유로 차일피일 하다가 6.25 전쟁에 그 자료가 소실되어 일반 국민들이 박은식 선생의 글을 접할 수 없었기 때문이다. 따라서 박은식 선생의 글을 우리가 접할 수 있게 된 것은 1975년 단국대학교 동양학연구소에 의해 박은식 전집 상, 중, 하가 출간되었다. 이제 국한문혼용으로 쓰여져 프린트판으로 초라하게 간행되었던 몽배 금태조를 요즈음 사람들이 읽기 편한 한글체로 풀어 조선 동포에게 고함이라는 제목으로 출판하는 이유는 보다 많은 사람들이 이 글을 읽음으로써 암울한 시대에 살았던 한 지식인의 고뇌와 번민, 그리고 자기부정을 통한 거듭나기 등 선인의 사색의 과정을 어렴풋이나마 더듬어 보고자 하는 데 있다.

차례

몽배 금태조

아늑하게 넓고 넓은 우주에 삼라만상이 존재하게 된 것은 기(氣)로서 연유되는 음양(陰陽)의 조화이다. 이 삼라만상 가운데 가장 영험스럽고 가장 활동력이 큰 것이 사람이다.

인간사회에서 높은 사회적 지위와 큰 세력을 가진 사람들 가운데는 두 가지 부류가 있는 데, 종교인과 정치가가 바로 그들이다. 이들은 자기의 사회적 지위에 앉아서 서로 대항하고 도전하는 가운데 승리하면 세계를 지휘하고 권력을 잡게 되는 사람들인데, 이 가운데 또 두 거물이 있으니 하나는 강권전제주의자이고 또 하나는 자유평등주의자이다. 종교인으로 말할 것 같으면, 브라만교(브라만 계급을 주축으로 성립된 인도의 민족종교)의 전제적인 권력에 대항하여 석가모니는 평등주의의 정신으로 맞섰으며 마틴 루터는 로마 교황의 전제적인 권력에 내항하여 자유주의의 정신으로써 싸웠다. 정치가로 말할 것 같으면, 정부의 압제를 물리치고자 루소가 민약론을 부르짖었고, 강대국의 압제를 벗어나기 위하여 워싱턴이 자유의 종을 울렸다.

그러면 이들이 천하의 대세를 뒤바꾸고 인류를 제압하여 굴복시킬 수 있었던 것은 과연 어떠한 힘 때문이었는가? 이들 강권전제주의자와 자유평등주의자들의 전쟁사를 보면, 맨 처음 선봉의 기치를 내걸고 선전포고를 하는 것은 어마어마한 완력을 가진 사람이 아니고 몸집도 작고 언변도 그다지 능하지 못한 사람들이다. 이들이 추운 밤 등불 밑에서 세치밖에 안 되는 몽당붓을 놀려대고 나면 이러한 일이 일어나는데 이는 무슨 까닭인가? 이것은 바로 사람의 사상이 언제나 완력보다 앞서는 것이기 때문이다.

무치생(無恥生), 즉 부끄러움을 모르는 사람이라고 자

신을 칭하는 박은식 선생은 뜻을 같이하는 우리 동지들 가운데 나이가 많고 덕이 높은 장로이다. 태어날 때부터 약질로 늘 병을 끼고 살았고 이리저리 떠돌며 살다 보니 가난 또한 떠날 날 없었다. 더구나 이제 나이마저 육십을 바라보고 있어 머리카락이 빠지고 이조차 빠지니, 그동안 지니고 있던 웅대한 큰 뜻이 있었다 할지라도 이제는 버리고 조용히 물러나 있을 때라고 할 것이다. 그러나 박은식 선생의 머릿속을 맴돌고 있는 것은 잘못된 사회풍조에 반항하고 도전하려는 사상이다. 지난 십여 년 동안 박은식 선생은 하루도 빠뜨리지 않고 그 쇠약해 질대로 쇠약해진 팔뚝으로 몽당붓을 들어 학술계의 완고한 수구파들과 싸우고 횡포와 불법을 저지르는 정치계 사람들을 질타해왔으나 이렇다 할 성과도 없었고 사회에서 제대로 대접도 못 받아왔다.

이제 흰 머리칼을 흩날리면서 이 머나먼 땅(西間島 : 현제의 연변 조선족 자치주 지역)에까지 밀려오게 되었으니 응당 후회도 되련만 그 사상이 더욱 진보하여 이제는 오늘날 20세기의 대활극, 대참극을 연출하는 제국주의를 상대로 하여 인권평등의 이상을 토해내고 있다. 이 어찌 특별한 분이라고 하지 않을 수 있겠는가?

오늘날의 소위 제국주의자들이라고 하는 자들은 다윈이 강권론을 들고 나온 이후, 전세계가 여기에 휩쓸려 우승열패(優勝劣敗 : 환경에 잘 적응한 생물체가 살아남음)는 하늘이 펼치는 질서이며 약육강식(弱肉强食 : 약한 자는 강한 자에게 먹힘)은 공공연한 자연의 이치라고 우기면서 정치에 있어서도 힘의 우열에 따라 남의 나라를 삼키고 남의 종족을 없애도 괜찮은 것으로 인정하는 자들이다. 그 대세의 흐름을 누가 막을 수 있으며, 강력히 불어나는 그 힘을 누가 어떻게 대항할 수 있겠는가?

그런데 선생이 조그마한 한 몸으로 제국주의의 횡포에 대항하여 과감히 맞서려 하니 그를 정신 나간 사람이나 어리석은 사람이라고 비웃지 않을 사람이 어디 있겠는가? 그러나 선생이 신념을 가지는 바가 전혀 터무니없는 일만은 아닌 것이 그 자신은 시대가 급변하는 전환시대에 살면서 역사의 변천을 지켜 본 끝에 천하 운세의 변천을 추측할 수 있게 되었고 유·불·선의 교리를 두루 섭렵, 연구하여 인간 의지의 위력을 확신하게 되었기 때문이다.

그러나 그는 자신이 믿고 있는 평등주의 하나만을 가지고 오늘날 세계의 패권을 독점하고 있는 강권주의자들에게 도전코자 하면서 얼마나 많은 것을 생각하며 연구하고 또 생각했겠는가? 옛날에 왕양명(王陽明 : 명나라의 대학자) 선생이 돌로 된 관(棺) 속에서 3년 동안 각고한 끝에 하늘로부터 '양지(良知 : 맹자가 말한 지극히 선한 마음의 본체)'에 대한 계시를 받은 적이 있으니, 몽배 금태조라는 이 한 권의 책도 또한 어찌 신의 계시에 의한 것이 아니라고 할 수 있겠는가! 이 책을 읽는 사람은 내 말이 헛된 소리가 아니라는 것을 알게 될 것이다. 특히 우리 청년들은 각자 깃발을 높이 들고 북을 울리며 선생의 지휘를 따름으로써 인권평등의 개가를 부를 수 있게 되기를 거듭 바라는 바이다.

대황조 강세(大皇祖降世) 4368년

12월 윤 세복 씀

조선 동포에게 고함

꿈속에서
금나라 태조를
배알하다

꿈속에서 금나라 태조를 배알하다

단군 대황조께서 세상에 내려오신 후 4368년(대종교의 종교적 입장에서 산출된 년기) 되는 해 여름 5월에 무치생은 뜻을 같이하는 동지들과 헤어져 슬하의 자녀까지 버리고 망망천지에 한 조각 뜬구름이 되어 아무 연고와 머무를 곳도 없는 만주 대륙의 홍경 남쪽 땅에 이르렀다. 파저강을 거슬러 올라가 항도천에 도착하니, 산으로 둘러싸인 가운데에 들판이 제법 너르고 그 가운데로 냇물도 흐르는 경치가 무척 좋은 곳이 있었다.

최근 몇 년 동안 우리 동포들 중에 이곳으로 옮겨오

는 사람들이 많아지자 뜻 있는 사람들이 학교를 세우고 아이들을 가르치니 문명의 풍조가 퍼져 나가는 것이 실로 마음 든든하다. 우리 동포들의 앞날을 위해서 깊이 축하할 만한 일이다.

그런데 우리 동포들이 많이 몰려오고 있는 만주의 이 지대가 지금은 남의 땅이 되었지만 원래는 우리 조상들이 살던 옛 땅이다. 이 지역의 고대 유적을 살펴보면, 백두산은 단군 대황조께서 태어나신 상서로운 곳이고 현토(한사군 시대의 군명) 이북 천 여리에 뻗쳐있던 고부여(古夫餘) 땅은 지금의 개원현으로 단군 후예들의 터전이다. 요동 서쪽 2천 리에 있는 영평부는 기자조선의 경계였다. 또 서쪽으로는 금주 해안을 경계로 하여 동쪽으로는 흑룡강을 끼고 북쪽으로는 개원현에 이르기까지 모두 고구려와 발해의 강토였다.

우리 조상들이 이렇게 넓은 땅을 개척하기 위해 기울였을 공을 헤아려 보건대, 모진 추위와 더위를 이겨내면서 거센 비바람과도 싸웠을 것이고, 독충 맹수들을 물리치느라 고생하면서 한편으로는 주변의 강한 종족들과도 싸웠을 것이다. 수 천 수 만 명의 조상들이 이렇

27

게 피와 땀을 흘린 것은 사실 따지고 보면 자손들에게 모든 것을 물려주기 위한 것이었다. 그런데 그 후손된 자들이 조상들의 땀과 피의 대가를 천여 년도 계속 보전치 못했다. 도대체 조상들이 쌓아놓은 업적들을 어느 누구에게 주어버렸는가?

강의 한 모퉁이에 조그만 나라 하나에 만족하고 그럭 저럭 살아가는 데 버릇이 들어 천여 년이 지나는 동안 조상들의 옛 땅을 되찾으려 한 자가 아직 한 명도 없었으니, 이것을 보면 천 년이래 우리 민족은 모두 조상들이게 죄를 지은 사람들이고 우리 역사라는 것은 타국의 노비 문서였다. 그러면서도 조상에게 죄를 짓고 사는 것을 반성하기는 커녕 스스로 예의의 나라라고 칭하고, 타국의 노예가 되어 있는 것을 부끄럽게 여기는 대신 스스로 소중화(小中華, 작은중국의 뜻)라고 뻐기고 있다. 그러나 사실상 소위 예의의 나라라는 것은 조상의 공덕을 기리지 않는 것을 좋게 부르는 말이고, 소위 소중화라는 것은 타국의 노예가 된 것을 달갑게 여기는 것을 높여 부르는 칭호에 불과한 것이 아니던가? 오늘날 우리 민족의 신세가 이처럼 된 것은 이와 같이 우리들의 생각과 행동에서 그럴 만한 이유가 있었기 때문이다.

나는 오래전부터 역사의 중요성을 깨달아 옛날을 돌이켜보고 오늘을 살펴보았다. 아득히 먼 산에 해질 무렵 방황하며 갈팡질팡 하기도 하고 여관의 희미한 등불 아래에서 비통한 한숨을 내쉬기도 하다가 역사를 제대로 알기 위해 지리를 연구하기에 이르렀다.

대체로 땅의 형세는 인물 형성에 미치는 영향이 크다고 할 수 있는데 깊은 산골이나 큰 물가에서는 반드시 비범한 인물이 태어난다는 말이 있다. 예부터 만주 산천에서 영웅호걸이 많이 태어났다. 대강 살펴보면, 졸본과 환도는 고구려의 동명성왕과 대무신왕 그리고 광개토대왕의 발상지이고 백두산 동쪽은 발해의 고왕과 무왕과 선왕의 발상지이다. 성경, 회령, 홍경은 요나라 태조, 금나라 태조, 청나라 태조의 발상지이며 석륵(오호십육국(五胡十六國)시대 후조(後趙)의 창업주)과 고환(남북조(南北朝)시대의 영웅), 연개소문과 양만춘, 완안종간(창업에 공을 세운 금나라 태조의 둘째아들)과 야율초재(징기스칸의 명신) 등도 모두 이 지방 출신들이다.

하늘이 이 곳에서 영웅호걸이 많이 나게 하시어 사방

의 종족들을 다스리면서 천하의 특권을 누리게 한 까닭이 무엇인가? 이 문제에 대한 답을 얻기 위해서는 바로 지리를 연구해야만 한다.

　대륙의 동쪽에 널찍하게 자리잡고 있는 백두산의 높이는 수 백리나 되고 그 기슭은 수 천리에 이른다. 산위에 큰 연못이 있는데, 둘레가 80리다. 서쪽으로 흐르는 물은 압록강이 되고 북쪽으로 흐르는 물은 혼동강을 이룬다. 압록강은 그 길이가 천 리나 되고 서해로 흘러 들어간다. 혼동강은 그 길이가 6천 리나 되며 동해로 흘러들어간다. 산의 남쪽은 조선 8도가 되고 북쪽은 만주 3성이 되었는데, 산의 큰 줄기가 동북쪽에서 서남쪽으로 비스듬히 뻗어있는 가운데 그 기슭을 따라 만주대륙이 누워있다. 북쪽에는 천리에 달하는 커다란 호수 홍개호가 있고 서쪽으로는 7백리 허허벌판의 요동벌이 펼쳐져 있다. 그 외에도 세 개의 강과 다섯 개의 하천이 산세를 따라 흐르면서 대지를 적시고 있다. 무수한 골짜기와 무수한 광야는 바람과 구름을 토해내고 영험스러운 기운을 머금고 있으니 웅장하고 심오하면서도 광활하여 전체적으로 자연스럽게 조화를 이루고 있는 빼어난 정기가 큰 인물이 나올 만하다. 이런 곳에서 태어나는 사람 중에 특히 빼어난 사람을 씩씩한 기개와 활달한 기량으로 천하에 웅비하려는 뜻을 품고 온 세계를 손아귀에 넣을 수 있는 경륜을 갖출 수 있게 될 것이다. 이러하므로 청년 제군들은 지리 연구를 통하여 뜻과 기개를 키우고 마음의 바탕을 닦아 나아가야 할 것이다.

지리에 따라 민족의 성질을 논하기로 한다면 대체로 퉁구스족은 세계 역사상 특별히 우수한 민족으로서 이름이 높다.

그 원인은 어디에 있겠는가? 퉁구스족들은 높은 고원에 살았기 때문에, 추운 기후 속에서 견디는 동안 인내심이 강해졌고, 온대나 열대 지방 같이 생산물이 풍부하지 못한 탓으로 목축과 수렵에 적합한 곳을 찾아다니며 살다보니 활동력이 커지고 무예가 발달했다. 또한 의식의 원료가 풍족하지 못했으므로 게으름을 피울 사이 없이 힘써 일해야 했기 때문에 근면한 성질을 가지게 되었다. 이러한 점이 바로 퉁구스족이 세계에서 우등 민족의 지위를 차지한 까닭이라고 할 수 있을 것이다.

그렇다고 해서 퉁구스족의 결점이 없는 것은 아니다. 산세가 험준하여 외래의 풍속과 기운을 막음으로써 배외성은 강한 반면 개방적이거나 외교적이지 못하다. 먹고 입는 것에 급급하다 보니 근검성은 생겼지만 학문에 대한 관심이 적어 현대에 이르러서는 문명이 발달치 못하여 다른 민족에게 뒤지게 되었다. 한 가지 방면에 장점이 있는 사람은 반드시 다른 방면에 단점을 가지기 마련이니, 세상에 완전무결한 행복과 이익은 없는 것이다.

우리 조선족과 만주족은 모두 단군 대황조의 자손으로서 옛적에는 백두산을 사이에 두고 남북으로 나누어 살면서 서로 경쟁도 했고 서로 왕래도 했으나 결국에는 통일이 되지 못하고 분리되었다. 이제 두만강 압록강이 천연의 경계선이 되어 양쪽 사람들이 감히 서로 넘나들지 못하고 섞여 살지 못한지 천여 년이 되었다. 더구나 풍속이 다르고 언어가 통하지 않아 그저 그러려니 하고 서로가 서로를 대하니 이제는 다른 나라 다른 민족이 되어버렸다. 여기에다가 쇄국 시대의 편협한 정책으로 단속을 철저하게 하다 보니 국경을 넘어 강을 건너는 자가 있으면 번번이 잡아 죽였고, 탐관오리들이 인민들의 재산을 뺏기 위해 밀매 행위 죄나 월경죄 등으로 무고한 백성들을 다그쳐 그들의 피를 강변에 뿌려온 지도 3백여 년이 되었다. 무치생이 강을 건너던 날, 일찍이 40여 년 전에 원통하게 죽은 우리 동포들을 위해 통한의 눈물을 뿌린 적이 있었다.

세월이 흘러 세상이 변하고 바뀌면서 우리 동포들은 나라의 허락을 기다리지 않고 자유로이 강을 건너 만주 땅으로 이주하였다. 그 숫자가 날로 늘어나고 해를 거듭할수록 불어나서 서북간도와 장백군, 해룡부 등지에 우리 동포들의 촌락이 없는 곳이 없을 정도가 되었다. 이러한 추세가 장차 어떤 좋은 결과를 가져올지 지금으로서는 예측하기가 어려우나, 이렇게 트인 조선과 만주 사이의 왕래가 실로 우연한 일만은 아닌 것 같다.

이러한 상황에서 나는 역사와 지리, 민족에 대한 상념으로 엎치락 뒤치락 잠못이루며 깊이 생각하였다. 어떠한 방법으로 우리 선조 시대의 영예를 회복할까? 어떠한 방법으로 경관이 빼어난 이 좋은 강산에 영웅들이 많이 나오도록 할 것인가? 어떤 방법으로 우리 민족성 가운데 장점을 이용하고 단점을 개량하여 문명사회로 나아갈 것인가? 이러한 문제를 생각하다 보니 앉으나 서나 생각의 뿌리가 끊어지지 않고 밥을 먹을 때나 쉴 때도 생각의 날개가 퍼덕이면서도 그럴듯한 방법은 얻어내지 못한 채 그럭저럭 5 ~ 6개월이 흘러 버렸다. 관자(管子 : 춘추시대 제나라의 재상)가 말하기를 생각에 생각을 거듭하다보면 귀신이 통한다고 했는데, 나도 깊이 생각하고 또 생각했으니 신명의 지도를 받을 수 있지나 않을까 생각하던 중 어느덧 가을이 다 지나가고 겨울이 닥쳤다.

음력 시월 삼일은 우리 단군 대황조께서 세상에 내려오신 기념일이어서 여러 동지 학생들과 함께 기념식을 행하였다. 그런 후 식장에 있는 긴 의자에 옮겨 앉아 대종교(大倧敎 : 민족 고유의 하느님을 신앙하는 종교)의 교리를 곰곰이 생각하다가 석양녘에 홀연히 장자(莊子)의 나비(꿈을 꾸고 있음을 상징하는 말)가 되어 바람을 앞세워 구름을 타고 백두산의 최고봉에 올랐다.

백두산 정상에 있는 큰 연못가 천지에 이르니 하늘

과 바다가 맞닿아 물의 깊이나 넓이를 헤아리기 어렵고, 달과 별빛이 서로 어우러져 빛을 내어 영롱하게 빛이 발하는 가운데 휘황찬란한 높은 전각 하나가 구름 위로 솟아 있었다. 편액에는 '개천홍성제전' 이라고 쓰여 있었다. 이를 우러러 보면서 속으로 생각하기를 옛날에 금나라 명창(明昌 : 금나라 6대왕 장종때의 년호)년간에 백두산 신(神)을 개천홍성제라 높여 부르고 그 사당을 지었다더니 이 전각이 바로 그것이구나 하고 생각하였다.

금나라 태조황제(아골타)는 평주(平州 : 황해도 평산)에 살던 김준이라는 사람의 9세손이고, 그 발상지는 지금의 함경북도 회령군이다. 그 민족인 여진족으로 말하면 발해족을 달리 칭하여 부른 것이고, 원래 발해족에는 마한족 중에서 북쪽으로 이주해온 사람들이 많았다.

금나라의 역사로 말할 것 같으면 두만강변의 조그만 부락에서부터 시작해서 일거에 요나라를 무찌르고 다시 북송을 빼앗아 지나 즉 중국 천지의 주권을 장악했으니, 우리 땅에서 태어난 사람에 의한 것이다. 우리 민족의 한 사람으로서 특별히 천제의 사랑을 받는 아들이 되어 비길 바 없는 복록을 누리고 더할 나위 없는 권위를 자랑한 것은 따지고 보면, 단군 대황조가 보살피시고 백두산의 영기가 도와주었기 때문이라고 할 수 있다. 그런가하면 우리는 오늘날 조그만 조선 땅 하나 제대로 보전하지 못하고 타민족(일본족)의 발굽 아래 짓밟히고 걸어 채이는가 하면 이리저리 떠돌면서 몸을 의지할 곳을 찾아 헤매고 있으니 8백 여 년 만에 타락된 민족의 위신이 어찌 이처럼 극에 이르렀단 말인가?

하늘이여 하늘이여 푸른하늘이여! 어인일로 우리 민족만을 저버리는가? 라고 하며 바위 위에 걸터앉아 깊이 탄식을 하고 소리 없이 눈물을 흘리다 보니 돌아갈 생각을 하지 않고 있었다.

그러던 중 홀연히 구름이 피어오르면서 패옥 소리가 울려오고 펄럭이는 날개옷을 입은 한 사람인 선관(仙官 : 선경에 있다는 관원)이 나타나 나를 불러 말하기를 금나라의 태조 황제께서 부르신다는 명이 내렸다고 하였다. 무치생이 크게 놀라고 황송하여 이르는 말을 잘 알아듣지 못하고 그저 곧 선관을 따라 나섰다.

선관을 따라가느라고 개천홍성제전의 동쪽을 급한

걸음으로 돌아나가면서 한 전각을 우러러보니 전각 안의 옥 병풍에는 기기묘묘한 꽃과 풀이 수놓아져 있고, 하늘색의 옥이 박힌 천구적도가 거처를 환희 비추고 있었다. 그 가운데 굳세고 용맹하게 생긴 장군들과 경륜이 높아 보이는 신하들이 좌우에 죽 늘어서 있어 그 위엄이 한결 우러러 보였다. 이 때 온화한 얼굴의 금나라 태조께서 이렇게 말씀을 하셨다.

"짐이 옛날에 상제의 명을 받들어 세상의 부도덕한 일을 정벌하고 수많은 생명들을 구제하였다. 이제 이 천국에 오른 뒤로는 상제의 명을 받들어 중생들의 선과 악을 가려 화를 주거나 복을 주는 권한을 가지고 있다. 하늘은 공평무사하여 착한 일을 한 자에게 복을 주고 나쁜 일을 많이 한 자에게 화를 내리는 데 있어 조금도 착오가 없다. 조금 전에 네가 하늘을 우러러 비탄해하고 애통해하는 소리를 내었는데 무슨 원한이 있는지 숨기지 말고 모두 말하도록 하라."

무치생이 황공하여 엎드린 채 머리를 조아리며 이렇게 아뢰었다.

"하늘이 착한 일에 복을 내리고 음험한 일에 화를 내

리는 것은 어리석은 저도 믿어 의심치 않고 있습니다. 그러나 세상에서 나라에 충성하고 자기 민족을 사랑하는 것보다 더 큰 선이 어디 있으며, 나라를 팔아먹고 동족에게 화를 입히는 것보다 더 큰 악이 어디 있겠습니까? 오늘날 제가 보아온 바로 말씀드리면 나라에 충성하고 동족을 사랑하는 사람은 모두 창칼에 찔려 피를 흘리고 그 유골은 벌판에 뒹굴어 참혹하기 그지없는데, 나라를 팔아먹고 동족에게 화를 입힌 사람은 모두 황금을 허리에 두르고 당당한 권세까지 부리면서 행복과 쾌락을 함께 누리고 있습니다. 눈에 쉽게 뜨이는 것만 골라보아도 이렇게 화와 복을 베푸심에 차이가 있거늘 하물며 선악이 그렇게 두드러지게 드러나지 않는 경우에 대해서 화와 복을 베푸심이 어떠한 지는 더욱 알 수가 없습니다. 제가 하늘이 하시는 일에 대해서 의심이 가고 원망하는 마음이 생기지 않을 수 없는 것은 이 때문입니다."

금나라 태조께서는 그 말을 들으시고 크게 웃으시면서 이렇게 말씀하셨다.

"너는 평소 성현과 철인의 교훈을 마음에 새겨 잊지

않으려고 노력하고 천리의 의리를 연구해 온 것으로 알고 있다. 그런데 어찌 하늘의 이치인 천리와 인간의 욕심인 인욕을 분별하지 못하며, 육체와 영혼에 있어 그 가치의 가볍고 무거움을 가려내지 못하느냐? 무릇 천리와 인욕의 관계를 따진다면, 하늘의 이치인 천리는 인간이 하늘로부터 부여받은 본성에 관련되는 것으로서 고상하고 깨끗한 것이고, 인간의 욕심, 즉 인욕은 인간의 육신에 관련되는 것으로서 격이 낮고 더러운 것이다. 만일 어떤 사람을 불러 세워놓고 네가 고상한 지위를 누리고 싶은가, 아니면 보잘 것 없는 지위를 누리고 싶은가 하고 물으면 반드시 고상한 지위를 누리겠다고 할 것이다. 또 너는 깨끗한 물건을 좋아하는가, 더러운 물건을 좋아 하는가? 라고 물으면 반드시 깨끗한 물건을 가지려 할 것이다. 나라에 충성하고 동족을 사랑하는 사람이 있다면 그것은 하늘의 이치 중에 고상하고 청결한 것을 취함으로써 신성한 자격을 갖춘 사람이라고 할 수 있다. 그런 사람은 그 이름이 오래도록 빛나고 두고두고 숭배를 받게 될 것이니 그 얼마나 커다란 행복이겠는가? 그 반대로 나라를 팔아먹고 동족에게 화를 미치게 하는 사람이 있다면 그 사람은 인간의 탐욕스러움 중에서도 하잘 것 없고 더러운 것만을 골라 취함으로써 개나 돼지 만도 못한 사람이라고 할 수 있다. 더럽고 욕됨이 끝이 없어 두고두고 멸시 당하고 비난을 받게 될 것이니 그 얼마나 커다란 불행이겠는가? 육체와 영혼의 경중을 따져 말한다면 사람이 태어날 때 부모의 정혈을 받아 육체가 생기고 섭리의 정령을 받아 영혼이 생기는 것이어서 육체의 생활은 잠시에 지나지 않고 영혼의 존재는 영구한 것이다. 나라에 충성하고 동족을 사랑하는 사람이 받는 육체의 고초는 잠시일 뿐이고 영혼의 쾌락은 무궁할 것이다. 그런가 하면 나라를 팔아먹고 동족에게 화를 끼친 사람이 누리는 육체의 쾌락은 잠시일 분이고 영혼의 고초는 무궁할 것이다. 사실이 이러한 즉 어찌 하늘의 이치와 질서에 어김이 있다고 말할 수 있겠는가?”

무치생이 다시 여쭈었다.

“그러면 하늘이 선한 자에 복을 주시고 악한 자에게 화를 주시는 것을 이치로서만 말씀하셨는데 사실을 들어 확언을 해주실 수 있겠습니까?”

황제께서 이에 대해 말씀하셨다.

"사물이 있은 후에 법칙이 생겨난 것이니 사물과 이치는 본래 한 가지다. 사물과 현상이 없다면 어찌 그 사물과 현상에 관련되는 이치가 있겠는가? 다만 삶과 죽음의 문제는 그 의미가 깊고도 미묘하여 사람의 정신력으로 깨닫지 못할 점이 있고 기계의 힘으로도 막지 못할 수가 있다."

"그러면 상제께서 선한 사람에게는 영혼의 쾌락을 주시고 악한 사람에게는 영혼의 고초를 주시는 사실을 들을 수 있겠습니까?"

"천도는 지극히 공평하여 사사로운 것을 용납지 않고, 신의 도리는 지극히 밝아서 그 앞에서 거짓을 행할 수 없다. 저승에서는 모든 사람들의 선과 악을 붉은 장부와 검은 장부에 일일이 적고 있다. 그리하여 붉은 장부에 올라있는 선한 사람에게는 쾌락을 주고 검은 장부에 올라있는 악한 사람에게는 고초를 주고 있다."

이에 무치생이 다시 물었다.

"그러면 상제께서 쾌락과 고초를 주는 실제 상황을 들려주실 수 있사옵니까?"

하고 여쭈니 황제께서는 다음과 같이 말씀하셨다.

"붉은 장부에 올라 있는 선한 사람 중에는 등급에 따라 혹 그 이름이 다시 하늘의 장부인 천록에 올라 상청진인(上淸眞人 : 참된 도를 체득한 사람을 이름)의 지위를 얻는 사람도 있고, 혹은 인간 세상에 다시 어질고 지혜롭거나 복록이 큰 사람으로 태어나는 경우도 있다. 검은 장부에 올라있는 악한 사람도 그 등급에 따라 아비규환의 지옥에 영원히 떨어져 칼로 자르고 불로 지지고 방아로 찧고 맷돌에 넣고 갈아대는 형벌을 받는 사람도 있고, 인간 세상에 다시 태어나되 벌레나 짐승처럼 천하고 악한 모습을 타고 나는 수도 있다."

무치생이 또 아뢰었다.

"천당과 지옥의 이야기는 들어서 알고 있으나 사람들 모두가 현재의 영화와 치욕만 알고 장래의 영화와 치욕은 모르며, 육신의 고통과 쾌락만 알고 영혼의 고통과 쾌락은 모르기 때문에 착한 일을 하는 사람은 적고 악한 일을 하는 사람이 많습니다. 상제께서 전지전능하시니 선한 사람에게는 현재에 고통과 치욕이 있게 하시며, 또한 현재에 선한 사람에게는 육신의 즐거움이 있게 하시고 악한 사람에게는 육신의 고통이 있게 하시면 모든 사람들이 선을 취하고 악을 버림으로서 하늘의 이치와 조화를 믿게 될 것이 아니겠습니까?"

황제께서 말씀하셨다.

"너의 소견에 큰 잘못이 있다. 천도와 신의 섭리는 참된 정성 그 자체일 뿐이다. 사람이 마음을 작정하여 행동으로 옮길 때, 진실 된 정성에서 우러나온 행동이라야 하늘과 신의 보호와 도움을 받게 된다. 거짓이 없는 참된 정성으로 선을 행하는 사람은 영화와 치욕, 복과 화를 아랑곳 하지 않는다. 만일 영욕이나 화와 복을 염두에 두고 선을 행한다면 이것은 위선이다. 하늘은 이러한 위선을 싫어하고 신은 이러한 위선을 미워하는데 이에 대해 어찌 영화와 복을 주는 일이 있겠는가?

또한 너는 소위 영화와 치욕 그리고 화와 복에 대하여 크게 잘못 알고 있는 것이다. 깊이 생각해보라. 한 몸의 영욕 화복과 국민의 영욕 화복을 놓고 생각해 볼 때 어떤 것이 크고 어떤 것이 작으며 어떤 것이 무겁고 어떤 것이 가벼운가? 이러한 까닭에 뜻이 굳센 완전한 인격자는 국민의 번영과 영화를 위해서 자기 자신에게

오는 오욕을 무릅쓰며, 국민에게 행복과 즐거움을 베풀 수 있는 일이라면 자기 한 몸에 닥치는 고초는 감수한다. 자기의 국가를 받들어 어떠한 경우에도 끄떡없는 위치에 갖다 놓고자 하는 자는 자기 자신을 한 오라기 새털처럼 가볍게 볼 것이며, 그 민족을 이끌어 천당에 오르게 하려 하는 자는 지옥의 고초를 자기가 대신 받으려고 할 것이니라. 짐은 국가에 충성하고 민족을 사랑하는 의사의 피와 뼈를 더할 나위 없이 보배로운 것으로 생각하고 있거늘, 너는 이를 화를 입은 것이라고 말하는가?

짐은 나라를 팔고 동족에게 화를 끼치게 하는 노예와 같은 무리들의 재산과 벼슬을 가장 추악한 오물로 생각하거늘 너는 이를 가리켜 영화와 행복이라 말하는가? 잘 관찰해 보라. 이 지구상에 그 국가가 문명 부강하고 그 민족이 즐겁고 안락하게 사는 경우는 모두 인격이 높고 어진 사람과 뜻이 있는 지사의 땀과 피와 뼈가 밑거름이 되어 이루어진 것이 아닌가? 너는 이러한 사실에 대하여 충분히 꿰뚫어 보지 못하고 다만 하늘을 불러 불평을 호소하니 이는 어린 아이들 수준의 유치한 생각이다. 또한 이러한 생각은 다른 사람의 사상을 이끌어 나아감에 있어서 크게 해를 끼칠 우려가 있는 것이다."

무치생이 이에 두렵고 떨림을 이기지 못하여 흐르는 땀이 등을 적시는지라, 무슨 말을 해야할 지 어찌할 바를 모르고 있으니 이윽고 황제께서 특별히 온화한 음성으로 당신의 뜻을 펴 말씀하셨다.

"너는 조선의 유민이 아니냐? 조선은 짐의 부모의 나라이고 그 민족은 짐의 동족이다. 짐은 지금 천국에 살고 있어 인간 세상의 일은 직접 간섭하지는 않고 있으나 하늘과 인간 세상을 오르내리는 신령으로부터 오늘날 조선민족의 처지가 딱하고 고통스러워 보기가 매우 측은하다고 들었다. 그러나 하늘은 스스로 분투 노력하여 강하고 충실하게 되고자 하는 사람들을 사랑하시고 자포자기하는 사람은 싫어하시니, 짐으로서는 하늘의 뜻을 따를 수밖에 없다. 너희 조선 민족이 과거의 잘못을 조금도 반성치 못하고 스스로 분투노력하여 강해지는 길을 강구하지 않아서 이렇게 참혹하게 되었는데 앞으로도 이대로 가면 비참한 운세가 어떻게 그 칠 수 있겠느냐. 네가 조선민족을 대표하여 그 사정을 일일이 말하면 너희 조선민족의 과거 잘못에 대해서 가르침을 주고 스스로 분투노력하여 강해질 수 있는 길을 지시하고자 한다. 그러니 너는 조금도 두려워하지 말고, 다소 장황해도 좋으니 평소 의아하게 생각했거나 연구가 모자랐다고 여겨지는 문제들을 낱낱이 말해보아라."

무치생이 감격하여 눈물을 흘리면서 이렇게 아뢰었다.

"상제는 지극히 위대하시고 지극히 공평하시기 때문에 모든 것을 평등하게 사랑하시는 것으로 알고 있습니다. 하늘의 보살핌과 땅의 혜택으로 날개 달린 짐승, 달리는 짐승 등 움직이는 동물과 식물, 황인종, 백인종, 적인종, 흑인종 등 각색 인종들이 태어나 살아가도록 하시고 있으며, 또 서로 죽이거나 해치지 못하도록 하시고 있습니다. 성인은 이것을 본받아 만물을 일체로 여기고 온 세상을 한 집안처럼 여김으로써 네것 내것의 구별을 두지 않고 있습니다. 따라서 석가모니가 어렸을 때 큰 새가 작은 곤충을 쪼아 먹는 것을 보고 크게 슬퍼하고 안타까워하다가 49년의 고행 끝에 드디어 설법하기를 '대자 대비한 도의 힘으로 모든 중생의 업식(業識 : 어리석어 무지한 상태)을 타파하여 경쟁을 멈추고 복락을 함께 누리자'라고 했습니다.

춘추시대에 화원(華元 : 송나라의 정치가)은 싸움을 그치도록 하자는 미병론을 부르짖었고 묵자도 비공편을 저술하였으며 맹자는 싸움을 잘하는 자에게는 가장 무거운 형벌을 내려야 한다고 했습니다. 이러한 일들은 모두 어진 군자가 불쌍히 여겨 안타까워하는 사람들의 환란을 구하고자 한 것이 아닙니까? 그런데 어찌되어 세상 문명이 더욱 발달하고 사람들의 지식이 늘어날수록 경쟁이 치열해지고 살벌한 소리만 날로 높아가면서 소위 국가경쟁이니 종교경쟁이니 정치경쟁이니 민족경쟁이니 하는 허다한 문제가 자꾸만 쌓이고 늘어나기만 하는 것입니까? 세계 전쟁사가 그치기는커녕 날로 그 도가 높아져 100년 전의 대전쟁이라는 것도 오늘날에는 아이들의 놀이 같은 역사가 되었고, 10년 전의 대전쟁터는 오늘날 놀이마당처럼 되었으며, 사람을 죽여 산을 메우고 들을 채울 수 있는 무기들이 날로 정교해져서 대포니 속사포니 모젤총이니 철갑선이니 경기구니

하는 각종 기계들이 세상을 뒤흔들고 천지를 진동시키면서 인민의 피가 흘러 도랑을 이루게 하고 인민의 뼈가 산더미처럼 쌓이도록 하고 있는데도, 정치가는 약육강식을 공공연한 법칙으로 생각하고 우승열패를 자연의 질서로 여기면서 다른 나라를 멸망시키고 다른 종족을 멸족시키는 불법적인 행동을 더 없는 좋은 방책으로 삼고 있습니다.

그러면서도 소위 평화재판이니 국제법에 따른 담판이니 하는 것은 강권을 가진 자와 이긴 자의 이용물에 지나지 않는 것이고 약한 자와 열등한 자는 그 고통을 호소하고 억울한 것을 하소연 할 데도 없는 실정입니다. 따라서 저는 상제께서 모든 것을 평등하게 사랑하신다는 점과 성인이 만물을 한가지로 똑같이 대하신다는 점에 대해서 무언가 잘못되었다고 하는 생각이 없을 수 없는 바입니다."

황제께서 말씀하셨다.

"그대는 듣지 못했는가? 동양의 학자들은 말하기를 하늘이 낳으신 것은 반드시 그 쓸모가 있기 때문인데, 정성을 들여 보살펴주되 자라나는 것은 키우고 넘어지는 것은 뽑아버린다고 하였다. 또 서양의 학자들은 말하기를 만물이 서로 경쟁을 하면 하늘이 선택 하여 그 중에 살기에 적합한 것을 생존케 한다고 하였다. 무릇 하늘의 도는 모든 중생을 아울러 낳고 다 같이 길러 그 사이에 차별을 두지 않으니 도덕론자 들은 이점을 근거로 하여 만물을 하나로 여기는 어짊을 발휘하고 실행에 옮겨 천하의 경쟁을 그치게 함으로써 세상을 구제하려는 사상으로 삼은 것이다.

그러나 하늘이 만물을 낳으시고 모두 함께 길러 서로 해가 없도록 하고 있지만, 스스로 살아나갈 수 있는 힘이 있는 것은 생존하게 될 것이고 스스로 살아나갈 수 있는 힘이 없는 것은 생존할 수 없는 것이다. 부모 된 사람이 자식을 사랑하는데 있어서는 잘나고 못나고의 구별이 없기 때문에 살림 밑천을 고르게 나누어 주지만, 똑똑하고 어진 아들은 밑천을 잘 간직하고 늘려서 넉넉한 생활을 하는데, 못난 아들은 이에 반해 가산을 탕진하고 가난한 생활을 하게 된다면 부모인들 이를 어찌하겠는가?

그러기 때문에 자라나는 것은 키우고 넘어지는 것

은 뽑아버린다는 말이 있는 것이다. 만물이 살아나가는 데는 그 때와 장소가 적절히 맞아야 한다. 예를 들어 열대 지방에 사는 것은 한 대 지방에 적응하기 어렵고, 봄·여름에 사는 것은 가을·겨울에 적응하지 못하는 법이다.

인류의 생활 면에서도 이런 점을 찾을 수 있다. 상고시대의 생활 모습으로는 중고시대에 적응하기 어렵고, 중고시대의 생활수준으로는 오늘날의 생활에 적응할 수 없기 때문에 적자를 생존케 한다고 하는 것이다. 만일 오늘날에도 구시대의 수준을 벗어나지 못하고, 이 시대의 생활에 적절하고 알맞은 방법을 찾지 않는 사람은 천지 진화의 예를 거역하여 도태되는 화를 자초하고 있는 사람이라고 해야 할 것이다. 하늘로서도 이런 사람을 어찌하겠는가?

대체로 보고 듣고 수족을 움직이고 생각하고 느낄 수 있는 사람이라면 시대의 상황을 살펴 진화의 예를 따르는 것은 자연스런 일이라고 할 수 있다. 오늘날의 상황은 생활 정도로 말하면, 농업시대를 지나 공업·상업시대가 되었고 나무로만 집을 짓던 시대를 지나 벽

돌집·돌집의 시대가 되었다. 교통 상태로 말하면, 역마를 타고 소식을 전하던 시대에서 전신전화의 시대가 되었고, 수레를 타던 시대에서 철도의 시대가 되었다. 경쟁 정도로 말하면, 활이나 화살의 시대를 지나 총과 대포의 시대가 되었고, 선박제도가 진보하여 군함시대가 되었다.

정치 상황으로 말하면, 전제시대가 아니라 평등시대가 되었다. 사상계로 말하면, 옛것만을 숭상하던 시대가 아니라 새로운 것을 추구하는 시대가 되었다. 모든 상황이 이러하니 여기에 적합지 못하면 결코 생존을 획득할 수 없을 것이다.

하늘이 사람을 낳으실 때 영험스러운 능력과 해야 할 일을 주시는 것은 동서양과 황백인종의 구별이 없다. 따라서 남이 능히 하는 일을 자기라고 해서 해내지 못하라는 법이 없으니 하늘이 나에게 복을 주셨다 하더라도 내가 제대로 이를 이루어내지 못하면 결국 하늘이 주신 복을 거절한 셈이 되는 것이다.

3백 년 전에 이순신이 철갑으로 된 군함을 만들었으니 이것은 서양 사람들이 연구해 내지 못한 것이요, 3

백 년 전에 허관(許灌)이 석탄을 캐내서 사용하는 이익을 설명하셨으니 이 또한 서양 사람들이 발명치 못한 것이다. 이는 하늘이 조선민족이 세계에 웅비할 수 있는 재료로 이들 손을 빌려 특별히 가르쳐 주신 것이라고 할 수 있다. 따라서 만일 조선민족이 그 뒤에도 이순신의 철갑군함을 계속 제조하여 해군력을 확장해 왔고, 허관의 석탄에 관한 설명을 계속 연구하여 기계력을 발달시켰더라면 조선의 국기가 유럽과 미국 여러 나라에 나부낄 수도 있었을 것이거늘, 어찌하여 이런 사업은 흙 묻은 거적때기 취급을 하면서 세월 가는 줄 모른 채 술에 취해 깨어나지 못하고 혼몽한 상태에서 주견 없이 떠돌다가 오늘날에 이 지경이 되었는가? 이는 하늘이 주신 복을 거절하고 도태되는 화를 자초한 것으로서 결코 하늘을 원망할 수 없는 일이다.

인간 세상에서의 이른바 평화재판 공법재판을 두고 말하더라도 자격이 비슷한 사람들 끼리라야 시비곡절을 재판하고 담판도 벌일 수 있는 것이다.

너는 이런 이야기를 듣지 못하였는가? 어떤 소 한 마리가 사람을 위해 논밭을 갈고 짐도 실어 나르다가 사람에게 잡혀 죽었다. 소가 하도 원통해서 저승의 관리에게 호소했더니, 저승의 관리가 짐승에게는 사람과 재판할 수 있는 권리가 없다고 해서 그만 물러났다고 한다. 지난 날 조선 정부가 어떤 나라와 호혜조약(互惠條約 : 서로 간에 대등한 지위에서 이익을 나누겠다는 약속)을 맺었는데, 그 조약 속에는 양국의 상호 원조하자는 명문 규정이 있었다. 그런데 막상 조선을 속국으로 합병한 것은 조약을 맺은 바로 그 나라였다. 이 때 조선 정부는 재판을 청구하여 잘잘못을 가릴 곳이 없었다. 또한 조선이 그 나라의 군사 행동을 위해서 철로를 놓고 군수 물자까지 조달했으나 막상 조선을 삼킨 것은 그 나라였다. 그래도 역시 조선 인민은 재판을 청구할 곳이 없었다. 이와 같이 나의 자격이 타인과 비슷하지 않고서는 어떠한 고통이나 억울함이 있다 하더라도 그것을 호소할 데가 없는 법이다.

하늘이 주신 영험스러운 능력을 갈고 닦아 일을 제대로 해낸 사람은 권리를 얻을 수 있고, 그 능력을 썩히고 일을 제대로 해내지 못한 사람은 권리를 잃는 법이다. 그러나 이미 내려 받은 능력은 고유한 것이기 때문에 지금 약자나 열등한 자가 되어 권리가 없는 사람이라 할지라도 그 사람이 분투 노력하여 능력과 힘을 가지게 되면 이미 잃었던 권리를 되찾아 우월한 자 또는 승리자의 지위를 얻을 수 있는 것이니, 어찌 모든 것을 평등하게 사랑하시는 상제와 만물을 한가지로 차별하지 않는 성현에 대하여 유감이 있을 수 있겠는가?

이는 짐이 역사를 통해 충분히 증명할 수 있노라. 짐의 나라는 동쪽 벌판 한구석에 있던 여진부락이었다. 요나라의 굴레 속에서 침략을 당함이 심하였는데 짐의 병정들이 정예화 하여 힘이 고르고, 장수들 또한 용맹스러워 뜻이 하나가 되자 2천 5백 명의 병정을 일으켜 요나라의 70만 대군을 격파했고 나아가 송나라까지 물리쳐 중국의 영토를 차지하였다.

이를 하늘이 내려주신 것이라고 말들은 하지만 어찌 사람의 힘이라고 하지 않을 수 있겠는가? '하늘은 스스로 돕는 자를 돕는다.'고 하는 말은 바로 이를 두고 하는 말이다."

무치생이 아뢰었다.

"조선은 4천 여 년 동안 예의의 나라였습니다. 그래서 의관과 문물이 모두 화(華 : 중국의 별칭) 제도를 따르고, 시(詩)와 서(書)와, 예절과 음악이 모두 중국의 풍속을 숭상하여 왔습니다.

신라와 고려시대에 우리 나라 사람이 중국 땅에 들어가 진사 급제의 영화를 누린 사람도 많고 중국의 명사로부터 학문과 이론을 배우고 문학 예술에 두각을 나타내어, 문인 학사의 영예를 얻은 사람도 많습니다. 따라서 우리 나라를 '군자의 나라'라고도 하고 작은 중국이라고도 했습니다. 조선조에 이르러서는 유교를 더욱 받들어 문화를 발전시킴으로서 풍속이 온아해지고 유학을 공부하는 유명한 선비들이 많이 배출되었습니다. 그리하여 군왕의 덕을 계도하는 사람은 반드시 요·순을 들먹이고, 사회풍토를 고쳐야 한다고 주장하는 사람들도 한나라, 당나라는 본 받기에 부족하다고들 말했습니다. 학설을 연구하는 사람들은 주렴계, 정명도, 정이천, 장횡거, 주희의 이론을 서로 전수하며, 문장으로 이름을 날리는 사람들은 반드시 한유, 유종원, 구양수, 소식의 문장들을 배운 사람들입니다. 이쯤 되면 하늘이 유학을 버리시지 않는 한 조선의 문물이 쇠퇴할 일은 없을 것입니다.

더욱이 오늘날 세계 여러 나라에서는 모두 색다른 종교와 새로운 학설을 주창하고 있고, 기이하고 요상한 기교나 숭상하면서 선대 왕조의 제도나 가르침을 여지없이 짓밟고 있습니다. 이런 시대에도 우리 조선만은 어려움을 무릅쓰고 이리저리 노력하면서 옛것을 잃지 않고 있습니다. 소위 주나라의 예법이 노나라에서 조차 사라진지 오래이지만, 오늘날에 이르러 조선에서는 시세의 풍조를 따라 형식상으로는 많은 변화가 있었으나 그래도 아직 산 속이나 굴 속에 들어가 쉬지 않고 대학이란 책을 읽고 외우는 선비들이 많이 있습니다. 또한 조선에서는 년호를 쓸 때 아직도 숭정(崇禎 : 멸망한 명나라)기원 몇 년 하는 식으로 쓰면서 그것을 버리지 않는 사람들이 많으니 이렇게 충절이 높고 의리에 찬 민족이 어찌 멸망하는 지경에까지야 이르겠습니까?

그 보다는 마침내 작은 중국의 정신으로 오랑캐들을 물리치고 우리 선대 왕조의 제도를 회복할 날이 있을 것으로 생각합니다."

이에 황제께서 다음과 같이 말씀하셨다.

"짐은 무인이고 기초 학문도 전혀 없던 터에 서쪽을 정복하고 북쪽을 토벌하느라 바빠서 학문을 닦을 틈이 없었다. 또 짐의 옛 나라는 여진땅으로서 사람들이 모두 말을 타고 활을 쏘는 일을 본업으로 삼고 있고 수렵이 풍속이 되어 있어 중국 땅의 문화가 전혀 미치지 못한 곳이었다. 그 때문에 경전이나 사기를 섭렵할 수 있는 기회가 없었던 것이 짐의 마음에 유감으로 남아있다. 이제 학문하는 선비를 만났으니 마음에 큰 위로가 된다. 너는 짐을 위하여 평소 읽어온 것들의 중요한 대목을 한번 외어보도록 하여라."

무치생이 감히 사양하기도 어려워 어렸을 때 배운 사략과 통감의 첫 편을 골라서 잠깐 동안 외우니 황제께서 물으셨다.

"그것이 조선의 고대사인가?"

"아닙니다. 중국의 고대사입니다."

황제가 다시 물었다.

"너희 나라 모든 사람들이 처음 배우는 교과서가 그런 책들인가?"

"그렇습니다."

이 때 황제께서 말씀하시기를,

"그러니 조선 사람들의 정신 속에는 제나라 역사는 없고 남의 나라 역사만 있을 수밖에…… 이는 제나라를 사랑하지 않고 남의 나라를 사랑함이라. 이것을 보면 천여 년 동안 조선은 형식상으로만 조선이었을 뿐이고, 정신상의 조선은 망한지 이미 오래라는 것을 알 수 있다. 처음 배우는 교과서가 이러하기 때문에 어린 아이의 여물지 않은 머릿속에 노예정신이 자리를 잡아 평생 학문을 해도 노예의 학문을 할 수 밖에 없고 그 사상도 노예사상이 될 수밖에 없었던 것이다. 이렇게 비열한 사회 안에서 영웅이 누구이고 유학으로 이름을 날린자가 누구이든, 또 충신 공신이 누구누구이며 유명한 사람이 누구누구라고 해보았자 그들도 결국은 모두 노예의 위치에 있을 뿐이다.

이러한 비열한 근성을 뿌리째 뽑아내버리지 않는 한, 조선민족으로서 자강자립 하고자 하는 정신이 싹틀 수가 없을 것이다. 신속히 방법을 바꾸어 조선 사람들의 머릿속에 조선의 역사가 자리 잡도록 한다면 민족이 어느 곳에 유랑할지라도 조선은 망하지 않을 것이다. 또한 이렇게 할 때만이 앞으로 희망적인 미래를 기약할 수 있을 것이니, 너는 십분 주의하여 행동으로 옮기는 것을 게을리 하지 말라."

이렇게 말씀하신 황제께서 또 다른 책을 외어보라 하시니, 무치생이 소학을 외어 "새벽 첫닭이 울 때 일어나 세수하고 양치질하고 ……운운,"

이어 대학을 외어 "사물의 이치를 끝까지 연구하여 지식을 넓히고……운운"하니, 황제께서 이렇게 말씀하셨다.

"네가 소학을 읽었으면, 닭이 울 때 곧 일어나 세수하고 양치질한 적이 있었는가? 또한 네가 대학을 읽었으면, 천하 사물의 이치를 곰곰이 연구하여 마음의 지식을 끝까지 넓혀나간 적이 있었는가? 네가 실제로 모든 사물의 이치를 끝까지 연구하여 지식을 넓혔다면 천문, 지리와 동식물의 이치를 설명할 수 있겠는가?"

무치생이 대답하였다.

"할 수 없습니다."

황제가 다시 물었다.

"온 나라 유생들이 모두 그러한가?"

"그렇습니다."

그러자 황제께서 다시 이렇게 말씀하셨다.

"그러니 소위 유생이란 자가 모두 고상한 이야기나 늘어놓을 뿐 실속이 없이 세상을 속여 이름을 도적질하는 자들이다. 그들이 걸핏하면 입에 올리는 충이라든가 효라는 것도 모두 공허한 말일 뿐이고, 인이나 의라는 것도 상투적인 말일 뿐이니 허황된 말과 상투적인 겉치레를 가지고 어떻게 인민을 구제하며 나라에 도움이 되는 실효를 기대할 수 있겠는가?

이처럼 실제를 버리고 허황된 말과 거짓을 숭상하니 겉으로는 우아하고 아름다우나 그 내용은 비루하고, 입으로는 맑고 시원한 말을 하지만 그 마음속은 더럽고 탁해질 수밖에 없다. 그런 즉 현명한 조상의 후예라고 자체하고 나라와 운명을 같이 하는 집안이라고 떵떵거리면서, 나라에 몸을 바친다느니 나라와 근심을 함께한다느니 하며 성리학의 서적들을 대하면 학문재상이라고 자처하던 자들이 모두 나라를 팔아먹는 원흉이 되었고, 연단 위에서 애국을 부르짖고 공익과 의무를 설명하던 자들도 모두 합병(1910년 한일합방)을 찬성하는 앞잡이가 될 수밖에 없었던 것이다.

이러한 일은 짐이 지난날 송나라와의 상황으로 경험한 바 있거니와 이제 송나라가 남긴 병폐에 조선이 전염되어 이지경에 이를 줄을 어찌 짐작이라도 할 수 있었겠는가? 송나라로 말할 것 같으면, 예의와 문물에 있어서는 3대(국가제도가 확립된 시기) 이래로 제일이라고 할 수 있고, 성리학은 공자 맹자의 정통을 이어받았다고 하지 않는가? 따라서 송나라 때의 중국 천지야말로 도덕 원리를 강론하는 자가 수천 명이 넘었고, 충효와 절개와 의리를 숭상하고 흠모하는 자가 수천 명이 넘었으며, 존화양이(尊華攘夷 : 중국을 존중하고 오랑캐를 물리친다는 뜻)를 부르짖은 자, 나라를 위해 몸을 바칠 수 있는 의리와 기개가 있다고 자부하는 자도 수천 명이 넘었다.

말하자면 송나라 백성들은 모두가 다 충신이요 의사였던 셈이다. 그 나라가 대대로 태산반석 같이 튼튼하다고 했지만, 급기야 금나라의 무장한 기병들이 중원에 들이닥쳐 그 수도인 변성(汴城 : 지금의 하남성 개봉)을 함락하니 휘종·흠종 두 임금이 나의 포로가 되고* 중국 땅 모두가 나의 판도로 들어오던 때에 임금을 위해 목숨을 바친 사람은 이약수라는 한 사람뿐이었다. 저 진회, 왕륜 같은 무리는 말할 것도 없고 내가 주는 황금과 관직을 받고 내게 붙어 신하 노릇을 원한 자가 몇 천 몇 백 명이었던가?

지난 날 저들의 충신은 반역하는 신하가 되고, 지난 날 저들의 의사는 오늘날 도적의 무리가 되어 순간순간을 예측하기가 어렵고, 시류에 따라 엎어지고 뒤집히는 바를 종잡을 수가 없었으니 이 무슨 까닭이었겠는가? 이는 오직 송나라가 실용성 없는 공허한 학문과 허황된 형식에 흘러 태평성대를 가장하고, 선비들은 고상한 소리나 하고 큰 소리나 치면서 명예를 도적질함으로써, 진실된 원기가 사그라지는 대신 허위의 악풍이 자라난 때문이 아니겠는가?

그 중에서도 더욱 가소로운 것은 저 중국 사람들이

---

* 금나라의 태조 아골타는 1123년에 죽었고, 여진의 군대가 송의 수도 개봉에 진입하여 북송이 멸망한 것은 1127년 이었다. 따라서 송의 휘종·흠종이 금나라의 포로가 되었다는 것은 저자의 착오이다.

중국을 신성한 지위에 올려놓고 스스로 존귀하다고 여겨 외국에 대해서는 오랑캐나 야만족이라고 심하게 천시하고 지나치게 모욕하기를 그치지 않다가도 막상 그 힘에 굴복 당하고 세력이 궁지에 몰리면 아첨하는 태도와 비굴한 기색을 역력하게 보여 보는 사람으로 하여금 쓴웃음을 짓게 하는 점이다.

짐이 처음에 군사를 일으켜 요나라를 멸망시키고 나니 송나라에서 사신을 보내 '해 뜨는 동방에 실로 성인이 나셨도다.'라고 덕을 칭송하였다. 그들이 평소 우리나라를 오랑캐라 욕하고 우리를 짐승 같은 것들이라고 욕하다가 짐의 나라의 세력이 커지고 군사력이 강대해지는 것을 보고서는 성인이라는 칭호를 바치고 아첨을 떨었으니, 그들의 가식과 기만이 이와 같았다.

또 저 남송으로 말할 것 같으면 짐이 남의 종묘사직을 차마 끊어버리기 어려워 양자강 남쪽의 왼쪽 한 모퉁이를 내주고 그 임금까지 책봉해주니, 그들 스스로가 신하의 나라, 조카의 나라라고 칭하면서 우리에게 정을 보내고 또 우리가 즐거워할 일을 하려고 하는 것이 마치 금나라와 송나라가 한 집안이나 되는 것 같았다. 그러나 그러면서도 송나라 사람들은 저희들끼리 문자를 통해서는 우리를 금나라를 오랑캐 놈들이라고 하며 욕설을 하는 것이 여전하니, 그러면 오랑캐의 신하는 오랑캐가 아니며, 오랑캐의 조카는 오랑캐가 아니라는 것인가? 이러한 짓들도 따지고 보면 가식적인 문자의 습관으로 현실을 반성해보지 않는 버릇에서 나온 것이라고 할 수 있다.

저 송나라 사람들이 중화의 영광만을 떠받들고 진실되고 실질적인 것은 무시했던 폐단으로 나라와 백성을 구제할 수 있는 실효를 거두지는 못했지만, 그래도 그들은 학문이나 문장에 있어서는 자기들 나름의 독특한 영역을 발전시켰기 때문에 내놓을 것이라도 있었다. 그러나 조선 사람들은 거기에 맹종만 하여 자기들 나름의 특색도 키우지 못하고, 한갓 중화의 영광만을 덩달아 떠받들고 실질적인 것은 우습게 아는 폐단이나 배워서 허위를 더욱 키우고 확장하여 나라와 백성으로 하여금 오늘과 같이 비참한 지경에 빠지도록 해버렸다. 그러고서도 아직도 그 잘못을 깨달아 뉘우치지 못하고 중국 사람들의 공허한 문장이나 숭배하고 비루한 유학자들의 그릇된 습속을 고수하려 든단 말인가?

　또한 조선의 유학자들이 걸핏하면 주장하는 존화양이의 사상만 해도 그렇다. 그게 도대체 무슨 말인가? 세계 각국이 제각기 제나라를 존중하는 것은 당연한 것이기 때문에 중국의 경우 그들이 존화양이를 주장하는 것은 그럴 수 있거니와 조선 사람들이 오늘날에도 남의 나라를 존중하는 것을 대단한 의리로 삼으려 하니 이것이 제나라의 정신을 소멸케 하는 마력이 아니고 무엇이겠는가? 임진왜란 때 명나라가 조선에 원조를 해준 은덕을 갚는 문제에서도 그렇다. 그 때 조선 8도를 모두 유린하고 왕릉까지 두 개나 파헤친 왜적들에게 먼저 보복을 하고나서 명나라의 은혜에 보답하는 의거를 하는 것이 당연한 일이거늘 명나라의 원수를 보복하기 위해 자기네들의 철천지원수에 대해서는 전혀 잊어버리고 있었으니, 도대체 어디에 그런 의리가 있는가?

　또한 지난 50년 전부터 일본 사람들이 조선을 넘보아 왔는데도 이것은 살피지 않고 오로지 중국을 받드는 것만을 옳게 여겼으니 어쩌면 그렇게도 어리석은가?

　유가에서는 공자의 춘추에 근거하여 존화양이를 부

르짖는데 공자가 쓴 춘추의 전체 맥락을 보면 오랑캐가 중국으로 들어가면 그들도 중국으로 대우하고, 중국이 오랑캐가 되면 오랑캐로 취급하고 있다. 즉 지리적인 위치에 따라서 존중하거나 물리친다는 뜻은 춘추의 어느 곳에서도 찾아볼 수 없다. 만일 중국의 안쪽과 바깥쪽을 구별했다면 어찌 그것을 성인(공자를 지칭)의 공정하고 정당한 입장이라고 하겠는가? 주나라가 쇠퇴하기 시작하자 공자가 오랑캐 땅에 살기 위해서 뗏목을 타고 바다를 건너려고 한 것을 보더라도 공자는 마음이 넓고 뜻이 두루 미치지 않는 데가 없는 사람이어서 마음속에서 중국의 안과 밖을 구별할 사람이 아니었다. 그러나 설사 공자의 춘추에 존화양이의 뜻이 담겨있다 하더라도 공자는 중국 사람이기 때문에 그럴 수 있거니와, 중국의 동쪽 바다 건너 살고 있는 조선 사람들이 존화양이를 부르짖는 것은 무슨 가당찮은 일인가? 송나라의 유학자들이 자기네 나라의 사정에 비분강개하여 춘추를 빙자해서 존화양이론을 되풀이하고 퍼뜨려 송나라 사람들에게 경종과 각성을 주려고 하는 것은 있을 수 있는 일이지만, 조선 사람들이 송나라 사람들의 입버릇을 맹목적으로 따라가는 것은 또 어떻게 된 일인가?

조선의 유학자들 가운데 제일 비루하고 낡아빠진 자들은 '우리 유학자들은 공자를 위해서는 죽을 수 있을망정 나라를 위해서 죽어야 할 의리는 없다'고 한다니 이 또한 무슨 해괴한 말인가? 지난 40년 전에 천주교도들이 조선 정부로부터 학살을 당하자 교도들이 프랑스 정부에다 대고 구원병을 요청했다고 하는데, 그 때 마침 프랑스가 전쟁을 하던 때라 원정군을 보낼 수 없었기에 망정이지 그렇지 않았더라면 어떻게 조선이 무사할 수 있었겠는가?

조선 사람들이 그렇게 존화양이의 의리를 고집할진대, 만일 한나라의 순체나 양복(위만조선을 멸망시키고 한 사군을 세운 한나라의 장군들), 당나라의 소정방이나 이세적(신라의 삼국통일 때에 신라를 지원하여 백제, 고구려를 멸망시킨 당나라 장군들)이 다시 조선에 오면 그 앞잡이가 되어 그들의 군대를 환영하면서 노래까지 부를 것이 아니겠는가?

조선은 선비들의 여론에 의해서 다스려지는 나라라고 알고 있다. 사림의 영수로서 국민의 지도자 된 사람이 존화양이를 외치는 마음가짐과 정열을 가지고 애국을 주창하고 강조하였더라면 어찌 오늘과 같은 현상이 일어났겠는가? 이러한 일도 중국 사람들의 문화에 심취하여 자신들의 실제 문제에 대해서는 강구하지 않았던 탓이다.

대체로 도덕의 범위로 말하면, 태어날 때부터 타고나는 인간의 본성은 세계적으로 공통된 것이고, 그 정치나 종교의 이치도 대략 비슷하다. 다만 진리와 풍속 관계로 여기에는 적합하나 저기에는 적합지 않은 것이 있고, 저기에는 적합하나 여기에는 적합지 않은 것이 있다. 따라서 정치나 종교 문제와 관련해서 다른 나라의 문물을 수입하여 자기의 정치나 종교를 보완하더라도 내가 맞지 않는 것은 취할 바가 못 된다. 또 좋은 장점은 취하고 좋지 못한 단점은 버려야 하거늘, 오늘날 조선 사람들은 다른 나라 문화가 제나라 문화에 적합한지 적합지 않는지도 살피지 않을 뿐만 아니라 그 장단점을 따져보지도 않고 중국의 것이라고만 하면 모조리 부러워하고 선망하면서 기쁜 마음으로 무조건 추종하니, 이 것은 남의 술 찌꺼기를 좋은 술로 여기고, 남의 연석(燕

石 : 옥 같지만 옥은 아닌 돌)을 대단한 보물인 양 생각하는 일로서 이 모두가 노예근성이라고 할 수 있다.

또한 시나 부를(고려와 조선시대의 과거 제도) 지을 수 있는 능력을 가지고 인재를 선발하는 과거제도로 말할 것 같으면, 이것은 수나라 양제가 창설한 제도로서 사실은 천하의 인재를 소멸시킬 야심을 가지고 시작했던 것인데, 이 제도를 모방하여 실시함으로써 인재를 소멸시켜 온 것이 8백여 년에 이르고 있음은 무슨 연고인가?"

이 때 무치생이 이렇게 말씀드렸다.

"시라고 하는 것은 사람의 마음을 감동시키고 뜻을 펼 수 있게 하며, 풍속을 훈도하는 데 있어서도 그 효력이 가장 영험스럽고 뛰어납니다. 시경에 실려 있는 시 3백편은 물론 훌륭하지만 당나라 송나라 시대에 시가 가장 성하였으니, 이러한 시들을 저는 어릴 때부터 매우 좋아했습니다."

그러자 황제께서,

"그러면 당나라 송나라 때의 유명한 시인의 작품을 한편 골라 암송에 보아라." 하시니, 무치생이 이백의 양

양가와 소식의 독락원시를 골라서 읊었다.

"백년 삼만 육천날 날마다 삼백 잔씩 술잔을 기울이고 ……"

"술잔을 기울이며 남은 봄날을 즐기고 바둑을 두면서 긴 여름을 보낸다…."

황제께서 이를 들으시고 추연한 모습으로 근심스럽게 말씀하시었다.

"그것도 조선의 아동들이 배우는 시가인가?"

"그렇습니다."

"슬프도다! 이는 죽은 사람의 영혼을 위로하여 보낼 때 부르는 해로가와(상여가 나갈 때 부르는 노래) 같은 것이다."

세상에는 어떤 사람이 되었든 사람의 신체는 일을 함으로써 건강해지고 마음과 뜻은 일을 함으로써 단련되고, 지식은 일을 함으로써 더욱 발달되고 생산은 일을 함으로써 풍족해지고 사업은 일을 함으로써 풍족해지고 사업은 일을 함으로써 얻어지며 사람의 복록도 일을 함으로써 얻어지는 것이기 때문에 일을 하는 사람은 하늘이 사랑하시고 신이 돕는 법이다.

사람은 일하지 아니하면 신체가 피폐하고 약해져 반드시 질병이 생기고 일하지 아니하면 마음의 의지가 산만하게 흩어져 정신기운이 왕성하지 못하고, 힘써 작업하지 아니하면 지식이 막혀 지혜가 영민하고 총명하지 못하고 일하지 아니하면 생산이 적어 반드시 춥고 배고파지며, 성실하게 일하지 아니하면 사업이 위축되어 덕과 의가 날로 소멸되고 근실하게 일하지 아니하면 복록이 날로 멀어져 재앙과 환난이 가차 없이 닥치게 된다. 이 때문에 민족의 승패와 존망은 오로지 그 민족이 부지런히 일하느냐 아니면 나태하여 게으름을 피우느냐에 따라 결판이 나는 것이다.

　사람은 만물 중에서 가장 신령스러운 존재이다. 이 세상에 사람으로 태어난 자에게는 어떤 직무가 주어져 있으며 어떠한 책임이 있는가? 성현이 말하기를 우주 안의 모든 일이 곧 사람이 맡아야 할 직분 속에 들어가는 일이요, 직분 속에 들어가는 일이 곧 우주 안의 일이라고 하지 않았던가? 우임금이 촌음도 아껴쓰던 일이나, 주나라의 문왕이 밥 먹을 겨를도 없이 일을 했던 것이나, 주공이 누워 자지 못하고 앉은 채로 날 새기를 기다린 일들은 모두 그 직무와 책임을 저버리지 않으려고 그러했던 것이다.

 개인의 생활이나 사회에서의 직무 그리고 국가의 사업 등에 대해서 하루의 책임을 다하고, 나아가 10년의 계획을 세우고, 더 나아가서 백년 만년을 내다보면서 그 맡은 바와 목적하는 것을 제대로 성취하고자 하면, 낮에 행한 것을 밤에 생각해보고, 밤에 생각한 것을 낮에 실행하여 잠깐 동안의 방심이나 빗나감도 용납하지 말아야 할 것이다. 이렇게 해도 세월이 물 흐르는 것과 같아 사람을 위해 머물러 주지 않는다는 탄식이 나올 뿐인데, 어찌해서 술이나 마시며 세월을 보내고 바둑이나 두면서 여름을 보내려하는 한심한 사람들의 행위를 인민들에게 가르치려 하는가? 술 마시며 백년을 보내고 바둑 두며 긴 여름을 넘긴다는 시 따위를 자라나는 어린아이들에게 가르치고 있으니 이는 바로 민족을 멸망토록 하는 방법이 아니겠는가?

 짐이 이와 관련하여 실제 경험이 있는데 너에게 일러주리라. 짐의 가정 법도는 조상 대대로 자연적인 도덕을 근본으로 하여 순박하고 꾸밈이 없었으며 진실되고 거짓이 없어 하늘의 이치에 부합되고 사람의 마음에 가까이 하게 되는 것이었다. 이로 인하여 우리 민족은 꾸밈없이 질박하고 부지런히 일하면서 살았기 때문에 그 옷은 모시풀이나 대마의 실로 만들거나 여우나 너구리 가죽으로 만들어 입었을 뿐, 비단 옷 같은 화려한 장식이 없었다. 또한 그 음식으로는 새나 짐승의 고기를 먹거나 차조 기장 등의 잡곡을 먹을 뿐, 고량진미는 없었다. 그리고 경작과 목축을 하면서 하루하루를 쉬지 않고 살아가고 있었으니 어느 겨를에 도박을 할 수 있었겠는가? 또한 말 타고 활 쏘고 사냥하는 일로 사람마다 다투어 서로 권하였으니 잔치를 벌여 노는 일을 어떻게 입에 올릴 수 있었겠는가? 이렇게 하는 까닭으로 체력이 강건하고 기개가 활발하며, 맹렬하게 전진하는 용기와 강건하게 싸우는 힘이 곰이나 호랑이 같아서 이 세상에 대적할 자가 없을 정도로 강한 민족이 된 것이다.

저 중국 사람들처럼 비단옷을 입고 기름진 음식을 먹으며 술 마시는 것으로 평생의 일을 삼고 화류 풍류로 세월을 보내며, 강이나 호숫가에서 풍월을 벗 삼아 시부나 읊조리고 정원이나 숲 속의 정자에서 잔치나 요란

하게 벌이는 민족이 어찌 우리 민족과 승부를 겨룰 수 있겠는가? 나는 애써 일하는데 저들은 게으름을 피운다면, 나는 무강한데 저들은 나약하고, 또 나는 진실한데 저들은 거짓되다면 지극히 공정하신 하늘이 누구를 돕겠는가? 하늘은 마땅히 애써 일하고 무강하며 진실된 사람들을 도울 것이다.

세계에서 가장 인구가 많은 중국의 민족도 나태하여, 나약함과 거짓으로 흐르다가 다른 민족에게 유린을 당했다. 하물며 적은 숫자의 조선 민족으로서 공허한 허구 속에서 나태와 나약함에 흘러 결국 위기와 패배의 조짐이 극도에 달했으니, 민족 경쟁이 지극히 참혹하고 극렬하게 일어나는 오늘날과 같은 시대에 어찌 살아남을 수 있는 행운을 기대할 수 있겠는가? 한마디로 말해서 조선 민족은 지금까지의 나태함과 나약함과 거짓됨의 병에 원인을 뿌리째 뽑아버리지 않으면 실로 소생의 기회가 없을 것이니, 그렇게 되면 어찌 통탄치 않겠는가? 너는 깊이 깨닫고 뉘우쳐 동포들에게 경고하고 그들을 깨우쳐라.”

무치생이 다시 물었다.

"서양의 여러 나라들을 보면 수백 리 밖에 안 되는 국토와 수백 만 밖에 안 되는 인구로도 나라의 독립을 보전하고 인권과 자유를 누리면서 사는 경우가 많은데, 조선이 3천 리나 되는 국토에 2천 만의 인구를 가졌으니 역시 나름대로 큰 나라라고 할 수 있을 진대 오늘날 이 지경에 떨어진 것은 무슨 까닭이온지요?"

황제가 대답하였다.

"답답하구나! 조선 사람이 이천만이라고는 하지만 칼을 잡고 총을 들어 몸 바쳐 적을 방어하는 사람의 수는 보잘것없으니 어떻게 하겠는가? 다른 나라에서는 국민이라면 병역의 의무를 짊어지지 않는 사람이 없다. 그러나 너희 나라의 고대사를 보더라도 삼국시대나 고려시대에는 다른 나라와 전쟁이 일어나면 창을 들고 활을 멘 사람들이 끊임없이 이어져 나왔다. 이는 모든 사람이 병역의 의무를 지고 있었기 때문이다.

오늘날 세계 여러 나라의 제도를 보면 제왕의 아들도 군사훈련을 마치고, 귀족이나 평민들 모두 군대 경력이 없으면 인격적으로 대접을 못 받게 되어있다.

그런데 조선에서는 벼슬아치, 공부하는 선비, 시골양

반, 하급 관리들 모두가 병역의 의무를 지지 않고 있을 뿐만 아니라 양반집의 아랫것들이나 노예들까지도 국가의 병역을 지지 않은 채 집주인의 사사로운 일이나 하고 있다. 이것을 보면 벼슬아치들도 국민이 아니고, 양반집의 아랫것들이나 노예들도 국민이 아니다. 그렇다면 2천만 인구 중에 국민의 의무를 지는 자가 몇 명이나 되겠는가? 국민의 의무를 지는 사람은 군적에 올라있는 인민들뿐인데, 늘 이 들은 극심한 천대와 학정을 모조리 뒤집어쓰는 사람들이다. 이들이 내는 군포(軍布 : 병역의무자인 양인 남자가 현역 복무에 나가지 않는 대신에 부담하였던 세금)는 왕실의 경비나 관리들의 봉급으로 쓰여 졌기 때문에, 군적에 올라만 있으면 젖먹이에서부터 죽은 사람의 백골에 대해서까지 군포를 받아냈다. 젖먹이나 죽은 사람에게서 받아내지 못하면 심지어 그 친척이나 동네에 물리어 군포를 거두어 가니 세상에 이처럼 평등치 못하고 불법적인 학정이 일찍이 또 있었던가?

5백 년 동안 이를 개선시키고자 한 정치가가 한 사람도 없었으니, 유사시에 적에 대한 적개심을 가지고 나라를 지킬 수 있는 일을 누구에게 맡길 것인가? 정치제도라는 것에 대해서 아무것도 모르고 세상이 어떻게 돌아가는 줄도 모르는 썩어빠진 선비들은 '우리 국민은 효제충신(孝悌忠信 : 어버이에 대한 효도, 형제끼리의 우애, 임금에 대한 충성과 벗 사이의 믿음)으로 교화되어 있어서 윗사람을 받들고 나이든 사람을 위해 죽을 수 있는 의리가 있기 때문에 날카로운 무기와 날쌘 군사를 제압할 것이다' 또는 오늘에 이르기까지도 '총이나 대포가 위력이 있다 해도 활과 화살에는 못 당한다.'라고 말하고 있다 하니, 이런 교육을 받고 자란 사람들이 어떻게 외국의 침략을 물리칠 수 있는 능력을 가질 수 있겠는가?

국민의 정신 상태를 보면 귀족들은 정권만을 다투면서 백성들의 고혈을 빨아 자신의 가문만을 살찌우고 윤택하게 하려는 정신뿐이다. 그런가 하면, 유학자들은 예법과 학설의 차이를 놓고 시끄럽게 따지거나 다투면서 문호를 세우고 개인의 명예만을 높이려는 정신뿐이다. 일반 평민들은 학정 밑에서 그 해독을 감당키 어려우면서도 자식 중에 총명한 아이가 있으면 시부와 서신 작성 기술을 배워 벼슬길에 나아가게 하려하고 권세있는 사람이나 귀족을 섬겨 그들의 비호 아래 자기 몸과 집안을 보존하려는 정신뿐이니 국가를 위하여 의무를 이행하고 헌신하려는 정신이 과연 있을 수 있겠는가?

이로써 볼 때 2천만 중에 국민정신이 있는 사람이 몇 이나 되겠는가? 조선이 2천만 인구를 가지고도 수백만 의 인구 밖에 없는 서양의 작은 나라를 따라가지 못하 는 까닭이 이런 데에 있는 것이다.

이제 개인의 가정을 예로 들어보더라도, 한 집은 아 이들이 3~4명밖에 없으나 그 아들들이 모두 기능을 갖 추고서 직업에 충실하여 가업을 번성케 하는데, 또 한 집은 아들이 8~9명이나 되어도 모두가 기능도 없고 직 업에도 충실치 않으면서 놀고먹으려고만 한다면 그 집 은 놀고먹는 식구가 많아서 더욱 곤란해질 뿐이다. 그 러니 8~9명의 형제를 가진 집이 3~4명의 형제를 가진 집을 따라갈 수 없는 것은 너무나도 당연한 일이 아니 겠는가? 따라서 조선도 2천만의 사람들이 모두 국민의 의무감과 국민의 정신으로써 각자 기능을 닦고 직업에 충실하면서 독립의 자격과 자유의 능력을 갖추어야만 지금과 같은 인종 경쟁시대에 도태되는 화를 면하고 살아남는 행복을 누릴 수 있을 것이다."

무치생이 다시 이렇게 여쭈어 보았다.

"각국의 역사를 볼 때, 태평 시대가 오래 지속되면 정치는 부패해지더라도 인구는 늘어나는 법인데, 우리 나라는 그러한 시대가 3백 년이나 되어도 총 인구와 총 생산량이 해를 거듭할수록 줄어들고 있습니다. 도시와 농촌을 막론하고 눈길이 닿는 곳마다 쓸쓸해 보입니다. 철로 연변에서 산과 들을 바라보면 삼림은 아이들 머리를 깎아놓은 것과 같이 벌거숭이가 되었고, 사람 사는 자취조차 황량하여 차라리 황무지나 다름없는 광경이니 이것은 무슨 까닭입니까?"

황제께서 말씀하셨다.

"이것도 정치가 잘못된 탓이다. 정치가 잘 되고 있는 나라는 백성들이 내는 세금의 많고 적음에 따라 권리를 정하여, 납세를 하지 않는 사람들에게는 국민의 자격을 주지 않는다. 그런데 조선은 이와 반대다. 충신이나 훈구대신의 후예, 현인의 자손, 효자·열녀가문 하는 명목으로 국세를 내지 않아야 권력 있는 자, 힘이 있는 자로 인식되어 있으니 인구의 총수와 총 생산량이 해마다 줄어들 수밖에 없는 것이다.

정치가 잘 되는 나라는 관리들이 인민의 생명과 재산을 보호하기 위하여 힘을 기울이는데, 조선 관리들은 인민의 생명과 재산을 침해하고 약탈하기 위해서 힘을 기울이고 있다. 그러니 백성들이 생활 곤란 때문에 도시나 들판의 살기 좋은 곳을 버리고 먹고 살기조차 나쁘고 의약품도 구할 수 없는 깊은 산골짜기로 숨어들어 새나 짐승 같은 생활을 하다가 장려(일종의 풍토병)의 독으로 병을 얻어 죽어가는 자가 많아진다.

조선에서는 일찍이 장산곶(황해남도 용연군의 서해 쪽 돌출부분) 쪽으로 가는 뱃길 하나를 개통하지 못하여 그 주변 땅에 홍수나 가뭄이 한 번 들면 서남지방 곡창지대의 곡식을 구할 수 없어 굶어죽은 시체가 산더미처럼 쌓였으며, 법률도 밝지 못하고 공평치 못하여 불법적인 포악한 형벌 때문에 원통하게 죽어간 사람들도 많다. 또한 전염병을 예방하는 조치를 취하지 않는지라 질병이 한번 돌면 비명에 죽어가는 사람이 많으며, 일찍 결혼하는 것이 풍속이 되어 원기를 낭비하여 요절하는 사람도 많으니 이런 모든 것이 인구를 감소시키는 원인이다.

오늘날 다른 민족의 강한 힘에 눌려 산업기지를 차례로 빼앗기기 시작한지 수십 년이 채 못 되어 자멸해가는 모습은 참혹하기 그지없어 실로 말로써 다 표현할 수 없는 지경이다. 더구나 이국땅으로 떠돌아다니며 살아가는 인민들은 통솔자도 없고 가르치고 이끌어주는 사람도 없다. 자활 자치의 능력이 없으면 설사 다른 민족의 학대가 없다하더라도 경제력으로 눌리고 지식에 억눌려 물 맑고 기름진 좋은 땅에서는 살지 못하고 응달진 산비탈이나 차가운 골짜기 같은 좋지 못한 땅에서 살 수밖에 없었다.

이런 데에서는 산업이 증식될 수 없고 질병이 많이 생겨 인구가 감소되는 것을 면할 수 없으니, 이 세상에서 조선 민족의 이름을 보전하기가 어려울 것인 즉 애처롭고 원통하기가 이다지도 심할 수가 있단 말인가?

너는 이러한 뜻을 동포들에게 지성으로 권고하고 눈물로서 간곡하게 설명해서 아무쪼록 우리 동포들이 아침 저녁으로 경계하고 노력하여 밭 갈고 누에치고 목축을 해서 산업을 일으키도록 하게 하라. 그리고 술을 많이 마시거나 잡기로 놀음을 하거나, 혹은 게으름을 피우고 낭비를 하거나 놀고먹으면서 세월을 허송하지 않도록 하게 하라. 그리하여 수 년 동안 힘써 노력하면 그 결과로 산업이 번성하여 좋은 땅으로 옮겨 살 수 있게 되고, 그러면 질병도 안생기고 자손도 번창할 것이다. 여기에 더해서 옛 성현의 교훈과 훌륭한 선비의 깨우침을 따라 자제를 교육하면 지식이 늘어나고 품행도 좋아져서 다른 민족으로부터 우대를 받게 될 뿐만 아니라 하늘로부터의 도움도 받을 수 있을 것이다.”

무치생이 다시 아뢰었다.

“오늘날에 있어서는 각 민족이 지식과 세력의 우열을 통해 생존하기도 하고 멸망하기도 하는데, 세력은 지식이 있어야 생기는 것이고 지식은 학문이 있어야 생기는 것입니다. 따라서 교육이 발달한 민족은 살아남을 수 있고 교육이 쇠퇴한 민족은 멸망할 것이라는 것은 눈과 귀가 있는 자면 누구나 쉽게 알 수 있습니다.

그러나 궁벽한 시골에서 자라나 농사나 짓고 짐승이나 키우며 사느라고 문자를 배울 기회가 전혀 없고 동네를 벗어나 본 적이 없어 견문이 좁은 사람들은 세계가 변천하고 있는 줄도 모르고 민족경쟁이 치열하다는 것도 알 리가 없습니다. 따라서 그들은 시대감각을 가질 수가 없으며 새 시대의 교육에 대해서도 처음 듣거나 처음 보는지라 그 방법과 효력이 어떤 것인지를 알기가 어렵습니다. 반면에 어릴 때부터 경전과 역사책을 읽었기 때문에 역사를 조금은 알고 있는 유학자들은 세계정세의 변천 상황을 목격했고 저술가들의 새로운 사상이 발표된 서적이나 신문·잡지도 읽었습니다. 따라서 세계 여러 나라들이 신학술의 발명과 신교육의 발달을 통해 문명국가가 되고 부강한 국가가 된 것도 인식하고 있습니다. 그런데도 뭘 좀 알고 깨우쳤다는 이 사람들이 지혜가 열리고 문화의 발달을 반대하고 방해하면서, 일반 동포들을 개명한 수준으로 이끌어나가기는 커녕 무지몽매의 구렁텅이로 몰아넣으려 하니 이것은 무슨 연고입니까?"

황제께서 말씀하셨다.

"그것은 개혁시대에서 찾아볼 수 있는 자연스러운 이치이며 추세라고 할 수 있다. 왜 그러는가? 개혁시대에는 하등사회가 상등사회로 진보함으로써 평등사회가 이루어지는 법인데 이는 천지 진화의 법칙으로서 막을래야 막을 수 없는 것이다. 유학을 한다는 사람들은 과거 시대에 상등지위를 누리던 사람들이다. 그런데 만약 그들이 새 시대에도 새 학문과 새 교육의 덕으로 지식을 쌓아 보다 새로운 일들을 하고 나선다면 큰 권리가 그들 수중에 계속 머무르게 되어 하등사회가 진보할 기회가 생기지 않게 된다. 그렇게 되면 평등사회가 이루어질 수 있는 새 시대가 올 수 없지 않겠는가? 오늘날 '양반' 두 글자와 '유생' 두 글자가 머릿속에 박혀있는 사람들은 새로운 사상과 새로운 지식이 머릿속에 들어가지 않는데 이것은 하늘이 그들의 혼을 빼앗아 열등한 인류로 떨어지게 하시는 것이다."

무치생이 이를 듣고 물었다.

"개혁시대 진화의 법칙은 그와 같거니와 지금 하등사회의 동포들로 말하면 글자조차도 전혀 알지 못하니 어떤 방법으로 개도하여야 이들을 상등지위에 나아갈 수 있게 하겠습니까?"

이에 황제께서 이렇게 말씀하셨다.

"상등사회보다는 하등사회를 깨우쳐 이끌고 나가기가 쉽다. 왜냐하면, 사람의 눈과 귀라는 것은 본래 잘 보고 잘 들을 수 있게 되어 있지만, 눈과 귀를 가리고 막는 것이 있으면 잘 보이지도 잘 들리지도 않기 때문이다. 또한 사람의 머리라는 것은 마음에 잡념이 없어 본래 무엇이든지 받아들일 수 있는 것이라지만, 옛날 습관에 찌든 사람은 새 것을 받아들일 수 없기 때문이다. 다른 나라들의 역사를 보더라도 오래된 옛 문화에 깊이 젖어 있는 나라에서는 새 문화의 발달이 조금은 느리지만, 오래된 문화에 깊이 빠져들지 않은 나라에서는 새 문화의 발달이 매우 빠르다. 4천 년의 오래된 문명을 지니고 있는 조선이 오늘날 새로운 시대를 맞이하여 옛날 야만적이고 미개하던 섬나라 만큼도 못되는 까닭이 이 때문이다.

개인도 마찬가지다. 머리에 오래된 구시대의 학문이 깊이 박혀있는 사람은 항상 새 문화에 대해서 강한 저항을 보인다. 또 그들은 지위도 높기 때문에 스스로 똑똑하다고 믿고 만족해 하는 버릇이 있어 비록 여러 말로 힘들여 설득할지라도 그 사상을 전향시키기가 어렵다. 그러나 구시대의 학문에 빠져들지 않은 사람은 머리가 신선하고 마음에 잡념이 없어 무엇이든지 받아들일 준비가 되어 있어서 새 문화를 집어넣기가 어렵지 않다. 또한 그들은 평소 하등사회에 살았기 때문에 스스로 똑똑하다고 생각하거나, 자만하는 버릇이 없어 다른 사람의 권고나 깨우침을 쉽게 받아들인다. 오늘날 세계의 대세는 평등주의로 나아가고 있다. 하등 사회를 인도하여 상등사회로 진보해 나갈 수 있게 하는 것은 천지 진화의 흐름에 순종하는 자연스러운 추세이다.

옛날에 모세는 어리석고 억세고 사납고 고집스러운 유태민족을 이끌고 사막을 방황한지 40년 만에 가나안 복지로 인도한 적이 있다. 하물며 단군의 신성한 후예인 우리 대동민족을 장차 평등세계의 새로운 낙원으로 끌고 들어가는 것이 어찌 어렵겠으며, 하늘이 우리 대동민족의 생명을 끊고자 아니하신 즉, 제 2의 모세와 같은 일을 할 자가 어찌 없겠는가?"

무치생이 다시 다음과 같이 말씀드렸다.

"오늘날 조선의 상류사회로 말할 것 같으면, 나라를 팔아 영화를 구하려고 하는 도적무리들을 제외한 소위 상류인사들 가운데 모세와 같이 동포를 구제하려는 일을 하려 하기는 커녕 자기 한 몸을 결백하게 하여 스스로를 지킨다는 생각에서 백이와 숙제 처럼 세상을 떠나 숨어 살려고 하는 사람들이 많았습니다."

황제께서 말씀하셨다.

"아! 옛날 성현들의 마음을 후세사람들이 잘못알고 있는 일이 이처럼 많구나! 백이와 숙제가 주(周)나라의 곡식을 먹지 않고 수양산의 고사리를 캐먹은 것은 제 몸 하나만 깨끗해지겠다는 생각에서가 아니라 세상을 구원하려는 생각에서였다. 백이와 숙제는 성스럽고 청렴한 사람으로서 임금의 자리까지 사양한 사람들이다. 이러한 생각을 가진 사람들이 주나라 무왕이 은나라를 정벌하는 것을 보고서는 어진 사람에게 임금의 자리를 물려주는 아름다운 풍습은 다시 살아날 것처럼 느껴지지 않았을 것이다. 또한 제왕을 자처하면서 정벌을 감행한 사람이 나왔으니 신하가 임금의 자리를 빼앗는 일도 반드시 일어나고야 말리라고 보았을 것이다. 백이와 숙제가 그들의 몸을 굶주림 속으로 던진 것은 그들이 정신을 세상에 전함으로써 이러한 일을 방지하려는 생각에서였다고 할 수 있다. 이 얼마나 큰 힘인가? 백이와 숙제를 성인이라 하고 어진 사람이라고 하는 것은 이 때문이다.

만일 두 임금을 섬기려 하지 않았던 그 의리로 굶어죽기만 했으면 절개 있는 선비에 불과했을 뿐 어찌 성인이나 어진 사람이라고 불리 울 수 있었겠는가?

백이와 숙제는 요동 한 모퉁이에 자리잡은 고죽국(孤竹國 : 지금의 하북성과 요녕성 중간지대)의 사람인데 은나라의 녹봉을 받은 일이 없기 때문에 은을 위해서 신하의 절개를 지켜야 할 의무가 없고, 주나라 문왕을 찾아가서 만났으나 은나라에 충성을 다하고자 함이 아니었다. 다만 무왕이 정벌을 하려 든 것을 보고 반항심이 생겨 주 무왕의 말고삐를 잡고 늘어지면서 정벌을 하지 말라고 간청을 해 보았고, 주 무왕이 그들의 말을 듣지 않자 산으로 들어가 고사리를 캐먹으면서 스스로 배를 곯았던 것이다. 그런 까닭에 그들은 '신농씨와 우 · 하가 홀연히 떠났구나 나는 어디로 가서 귀의 할 것인가?'라고 노래했던 것이다. 이는 신농씨와 우 · 하시대 처럼 어진 사람에게 임금의 자리를 물려주는 일이 없어져 몸을 의탁할 만한 곳이 없어졌다는 뜻이었다. 만약 은나라를 위해 절개를 지킬 사람이었다면, 당연히 '은나라가 이미 망해 버렸도다. 나는 어디로 가서 귀의 할 것인가?'라고 노래했을 것이다.

절개와 의리가 있는 후세의 선비가 일찍이 성인이 세상을 구원하려 한 큰 뜻은 짐작도 못하고 망령되게 고사리 캐먹는 흉내나 내려 하니 이것은 주먹만 한 작은 돌이 커다란 태산과 견주려 하는 것이나 다름없는 것이다."

무치생이 말씀드렸다.

"은나라가 망하자 기자께서 동쪽의 조선으로 나오신 것은 어찌 자신의 편안함을 찾으려는 것이 아니겠으며 주나라가 쇠퇴하자 공자께서 오랑캐들의 땅에서 살기 위하여 뗏목을 타고 바다를 건너려고 한 것은 시대를 한탄하면서 멀리 떠나가고자 하는 뜻에서 그런 것이 아니었겠습니까?"

황제께서 말씀하셨다.

"아! 조선 사람들이 오래도록 기자를 숭배하고 받들어 모시면서도 기자의 참 뜻을 이해하지 못하고, 공자의 책을 읽으면서도 공자의 참 뜻을 이해하지 못하고 있으니 어찌 통탄치 않겠는가?

기자께서 주(紂 : 은나라의 마지막 임금으로서 폭군)에게 잡힌 몸이 되었다가 주나라 무왕에 의해서 석방을 받고 보니 6백 년 은나라 역사가 허물어진 후인지라 사방을 둘러보아도 갈 곳이 없었다. 그리하여 갈 곳을 정하기 위해 시초(蓍草 : 괘를 뽑는데 쓰는 풀줄기)를 가지고 괘를 뽑아보니 '명이(明夷 : 오랑캐들을 문명케 하라)'는 괘가 나왔다. 이에 기자께서는 '하늘이 나로 하여금 바다 건너 오랑캐들을 문명케 하라 하셨다'고 하시면서 은나라 유민 5천 명을 거느리고 동쪽으로 향하셨다. 이 때 시, 서를 다루는 관원, 예, 악을 다루는 관원, 무당과 의원 등 갖가지 기능을 가진 사람들을 데리고 나섰으니 기자께서 당시 무슨 생각을 하고 있다고 보는가?

마침내 단군 자손의 후의로 생활 터전을 잡고 정치상의 법도를 세우고 백성들을 교화시켜 나가는 가운데 자손이 번창하여 그 판도가 남쪽으로는 대동강에 이르고 북쪽으로는 중국의 영평에까지 뻗쳤다. 옛날 은나라와 주나라가 번성했을 때도 영토가 천 리밖에 안되었는데 기자조선의 영토는 4천 리가 넘었으니 실로 동쪽의 새로운 은나라였다고 할 수 있다. 그러니 기자의 깊은 뜻이 어찌 자기 자신의 편안함을 찾는 데에만 있었다고 할 수 있겠는가?

또한 공자께서는 요·순시대의 도로써 세상을 바로잡으려는 생각에서 여러 나라를 두루 돌아다니시느라고 앉아 쉴 틈이 없었다. 그러나 시기적으로 주나라 말기여서 문명의 폐단이 커진 반면, 순박한 풍속이 쇠퇴하고 교활하고 속이는 습속이 횡행했기 때문에 여러 나라의 정치가들도 사사로운 권력에만 눈이 어두워있었을 뿐, 성인의 진실 된 제안을 받아들이려고 하지 않았다. 그러니 공자께서는 자신의 뜻을 펼 곳을 찾을 수 없었다. 이에 공자는 바다 건너 오랑캐들은 풍속과 기질이 순수하고 성격과 마음씨가 질박하여 문명의 폐단이나 거짓됨이 없어 인의로써 가르치면 깨우쳐질 수 있을 것이라고 생각했다. 공자는 기자가 동쪽으로 건너간 것도 이런 까닭 때문이었다고 생각했다. 공자가 오랑캐 땅에 나아가 살려 했고 뗏목을 타고 바다를 건너가서 그들을 교화시키려 한 것은 공자가 세상을 참으로 안타깝게 여기고 슬퍼한 때문이며, 공자가 마음속으로 중국의 안과 밖을 나누지 않을 만큼 넓은 마음씨를 가졌었기 때문이다. 그런데도 후세의 유학자들은 얕은 식견으로 공자의 참뜻을 제멋대로 해석하여, 병든 시대의 탄식이었느니, 멀리 떠나가려 했느니 하고 있으니, 성인은 하늘도 원망하지 않고 다른 사람을 탓하지도 않는다 했거늘 어찌 병든 시대라 해서 멀리 떠나가 피하려 할 리가 있었겠는가?"

이에 무치생이 "그러면 오늘날 이런 상황에서는 제 몸 하나의 결백을 위해 행동하거나 멀리 숨는 사람들이 기댈 명분이 없다는 말씀입니까?"라고 여쭙자, 황제께서는 이렇게 말씀하셨다.

"오늘날 조선 사람이 지켜야 할 의리는 제 조국과 제 동포를 위해 해야 할 의무를 다하는 일이다. 그렇지 않고 제 몸 하나의 결백을 생각하거나 스스로 편안해지려고 하면서 제 할 일을 다 했다고 생각하는 사람은 그 죄가 매국노와 다를 바가 없다. 왜냐하면 세상일은 이로운 일이 아니면 반드시 해로운 일이고, 보탬이 되는 것이 아니면 반드시 손실이 되는 것이기 때문이다. 바꾸어 말해서 내가 남에게 이롭게 한 일이 없으면 그것은 곧 해를 끼쳤다는 뜻이 되고, 내가 남에게 보탬이 되지 못했다면 반드시 손실을 주었다는 뜻이 되는 것이니 다른 사람에게 해를 끼치고 손실을 주었다면 그것은 결코 선이 아니고 악이 될 것이니라.

이치가 이러하니 만약 국가와 민족에 이롭게 하고 보탬이 되게 한 바 없으면 해롭게 하고 손실을 끼친 바가 어찌 없겠는가? 필시 국가와 민족을 좀먹는 자이거나 그 뿌리를 갉아먹는 해충 같은 자일 것이다. 예를 들면 도박과 음주로 가산을 탕진하여 부모를 추위에 떨고 굶주리게 한 사람과 하는 일 없이 놀고먹으며 집안일을 돌보지 않아 부모를 춥고 굶주리게 한 사람은 그 불효막심함에 있어서는 한 가지이며, 황금을 사랑하고 높은 벼슬을 중히 여겨 나라를 팔아먹은 사람과 제 몸을 아끼고 제 이름만을 중히 여겨 나라를 망치는 사람들은 국가에 불충한 점에 있어서는 마찬가지가 아닌가? 나라를 팔아먹고 동족에게 화가 미치던 말 던 돌아보지 않고 탐욕에 젖어 부귀를 훔치려는 사람과 나라가 망하고 동족이 멸망해가는 데도 관계치 않고 절개와 의리를 지키는 일이라고 자처하면서 명예를 훔치려는 사람들은 도둑질을 하고 있다는 점에서는 서로 같지 아니한가?

저승에서 죽은 사람의 죄악을 조사하여 다스리고 있는데, 생전에 관리였던 자가 거듭 변명하여 말하기를 '저는 죄가 없습니다. 저는 죄가 없습니다. 제가 관리 노릇을 할 때 매우 청렴했습니다.'라고 했다. 그러자 염라대왕은

'나무인형을 마당에 세워 놓으면 냉수 한 모금도 안마시니 너보다 더 낫지 않겠느냐? 청렴하기만 했을 뿐 그 외에 한 가지라도 잘 한 일이 있다는 소문이 전혀 없으니 그것이 너의 죄다.'라고 하면서 불에 달군 쇠로 단근질을 하는 형벌을 내렸다. 그러니 조선의 국민이라는 신분을 가진 사람이 자기의 조국과 동포를 위해서 의무를 다하지 않고 표연히 멀리 떠나 제 몸이나 깨끗이 보존하려 하는 사람도 저승에 가면 마땅히 불에 달군 쇠로 단근질을 당하는 형벌을 면할 수 없을 것이다.

대개 도덕에는 공공의 도덕과 사사로운 도덕의 구별이 있고, 사업에도 공공의 이익과 사사로운 이익의 구

별이 있다. 그런데 도덕과 사업도 시대가 바뀌면 그 기준이 바뀌는 법이다. 옛날에는 인접한 나라끼리 개 짖는 소리와 닭 우는 소리를 들을 수 있을 만큼 거리가 가까워도 서로 왕래를 하지 않았기 때문에 사람들은 사사로이 자기의 덕을 닦으면서 제 몸이나 잘 간수하고 자기의 사사로운 이익을 도모하여 제 집안만을 살찌게 해도 모두 잘 살고 편안할 수 있었다. 그러나 오늘날에는 세계 인류의 생존경쟁이 지극히 크고 치열하여 마치 큰 바다에서 파도가 밀려오는 것 같고 큰 산에서 화산이 폭발하는 것과 같으니 지구상에 국가나 민족의 이름을 가진 것들은 단합된 힘이 아니고는 결코 생존을 얻을 수 없다. 그런고로 공공의 덕이 없으면 사사로운 덕도 생각할 수 없고, 공공의 이익이 없으면 사사로운 이익도 생각할 수 없는 것이다.

이른바 조선 학자들 중에는 도덕 기준의 변천을 깨닫지 못하고 오로지 제 한 몸만의 수양을 쌓고 제 집안만을 다스리는 것을 더할 나위 없는 도덕으로 인식하고 국가와 민족에 대한 공덕심과 공공의 이익을 생각하는 마음은 전혀 가지고 있지 않은 사람들이 많다. 그런 까닭에 조선이 오늘날 이 지경에 이른 것이다.

　그리고도 그들은 아직도 '나는 아무 죄도 없다. 아무 죄도 없어……'라고 말을 하고 있는데, 이것이 도대체 말이 되는가? 국가와 민족이 멸망해가고 있는데 수수방관하고 몸을 도사려 도피한 죄를 이미 지어 놓고서도 이름을 깨끗이 간직하며 절개를 드높인다고 자처하면서 백이와 숙제의 흉내를 내려 하고 있으니 가식으로 명예를 노리는 행위가 이처럼 극심할 수가 없다. 참으로 통탄할 일이다. 그 죄를 다스리기로 한다면 어찌 매국노와 차별을 둘 수가 있겠는가? 너는 이런 위선자나 가짜 의인들이 걸어간 길을 뒤따르지 말도록 하라."

　무치생이 말씀 드렸다.

　"우리 나라 학자들이 공공의 덕을 펴거나 공공의 이익을 도모하지 못한 죄가 없다고 말하기는 어렵습니다. 그러나 과거의 모질고 잔인한 규범을 생각하면 지금도 간담이 서늘해지고 떨립니다. 정치적으로 압제가 극심한데다 학문에서도 독단이 횡행하여 인민들이 감히 윗사람의 불법 행위에 반항하면 대역죄를 진 것으로 몰아붙이고, 선비들이 감히 선배의 글이나 말에 어긋나는 짓을 하면 선비의 도리에서 벗어났다하여 매장을 시킴으로써 패가망신하지 않을 수 없도록 하였으니 그런 시대에 누가 감히 공공의 덕과 공공의 이익을 위해서 저 자신의 생명과 가업을 돌보지 않으려 했겠습니까? 따라서 인민들은 관청에서 아무리 학정을 부리더라도 감히 한마디의 반항도 못하고 복종만 할 뿐이었고, 선비들도 세상의 도리가 아무리 부패하였다 하더라도 감히 뭐라고 말 한마디 못하고 과거에 해오던 대로 따를 뿐이었습니다. 이러한 사정을 참고하면 조선의 학자들을 조금은 용서해 줄 수도 있을 것 같습니다."

황제께서 말씀하셨다.

"그러니 그처럼 줏대도 없고 혈기도 없는 인민을 어디에다 쓰겠는가? 제 나라 정부의 학대에 반항하지 못하는 사람들이 어찌 다른 나라 정부의 학대를 안 받을 수 있겠는가? 그처럼 담력도 용기도 없는 선비들을 또 어디에다 쓰겠는가? 자신의 화복을 돌보느라 민족과 국가의 화와 복은 생각조차 않으니 어찌 다른 민족의 노예가 되는 것을 면할 수 있겠는가?

과거 백여 년 전 서양에서 정치적 압제와 종교적 압

제가 극렬한 적이 있었다. 그러나 루소는 온갖 어려운 고통을 무릅쓰고 민약론을 크게 외쳐서 프랑스 혁명의 도화선을 만들었으며, 영국의 크롬웰은 천하에 악명을 남길 것을 알면서도 폭군의 목을 베고 헌법을 제정하였으며, 마틴 루터는 교황의 권위를 무시하고 종교 개혁의 공을 이루었다. 4백 년 전 중국의 학계에서의 주자학의 세력이 크고 그 영향력도 대단했지만 왕수인은 세상 사람들이 비방할 것을 두려워하지 않고 양지학을 주창하여 선비들의 기개를 드높였다. 또한 50년 전에 일본에서는 막부의 권력이 강력하고 혹독했지만 요시다 노리가다는 자기 한몸의 목숨을 던질 각오로 대화혼(大和魂 : 일본의 정신)을 부르짖어 유신(維新 : 서구식 근대화를 목표로 추진한 개혁)의 기초를 세웠다. 그런데 어찌하여 조선은 이들과 같은 피 끓는 영웅이 나와 정치 혁명도 못하고 학술혁명도 못하였는가?

천지의 진화 법칙에 따라 옛 것과 새로운 것이 바뀌는 시대에는 진실로 과감하고 자신감이 넘치는 호걸남아의 끓는 피가 없이는 국가 장래의 발전과 인민들의 행복을 이룩할 수 없는 법이다. 과감성과 자신감이 결핍되어서 남의 눈치나 살펴 시비를 따지는 것을 두려워하고 결과의 화복을 저울질 하느라 말 한마디 못하고 과감하게 한 가지 일도 해보지 못하는 사람은 결코 오늘과 같은 시대에는 살아갈 능력이 없는 자이다."

무치생이 여쭈었다.
"지나간 암흑시대의 부패사회에서 태어나고 자라난 늙은 사람들은 공공의 덕이 무엇인지, 공공의 이익이 무엇인지, 국민의 자격이 무엇인지, 국민의 책임이 무엇인지에 대해서 본래 듣지도 알지도 못하는 사람들입니다. 그러나 그들의 습성은 이미 고질화되어 깨우쳐 바로 잡을 수도 없고, 근력도 이미 쇠해 채찍질을 할 수도 없고 책망을 해보아도 설득을 해보아도 효력이 없습니다. 그러니 어찌 조국과 민족의 장래를 그들에게 기대할 수 있겠습니까? 오직 청년들을 교육하여 새로운 국민을 양성해내는 것밖에는 다른 방법이 없습니다.

제가 일찍이 조국의 역사를 공부하면서 경건한 마음으로 합장 재배하며, '우리의 역사가 무슨 능력과 무슨 행운으로 4천여 년이나 그 혈맥을 이어 왔는가? 우리들이 이 나라의 흙과 물로 인하여 먹고 마시며 이 나라의 자연과 문물의 덕택으로 대대손손 이 나라에서 낳고 늙고 농사짓고 장사하고 배우고 벼슬하면서, 세계 인류를 상대해서 우리가 조선 국민이라고 내세우고 천지신명을 향해서도 우리가 조선 국민이라고 말할 수 있었던 유래는 무엇인가?'하고 자문해 보았습니다.

우리가 이렇게 이 나라에 살 수 있었던 그 은덕의 유래를 따져보면, 이 반도 강산에 인재가 많이 나와 나라의 원기가 되고 뱃심이 되며, 간성이 되고 기둥이 되어 우리 국민을 기르고 보호해왔기 때문입니다. 따라서 우리는 4천여 년 동안 훌륭한 성현 선조들에게 절하고 축복하고 노래하며 칭송해야 할 것입니다. 오늘날에 이르러서는 역대 위인들을 업적을 기준으로 삼아 우리 청년들에게 기대를 걸고 노력하도록 타이르고 채찍질하고 고무시켜나가야 하리라고 생각합니다. 어떻게 하면 우리 청년들이 과감성과 자신감을 풍부하게 길러 끝없는 난관을 뚫고 나가 중대한 책임을 감당케 하여 4천여 년 역사의 선조들의 유적을 더욱 빛내도록 할 수 있겠습니까?"

황제께서 말씀하셨다.

"천지간에 매우 영험스러운 것이 하나 있는데 그것은 세계를 감싸고, 옛날과 오늘을 종합하며, 바다와 육지를 늘이고 줄이며, 바람과 구름을 일으키며, 귀신을 부리며, 만물을 만드는 능력이 있다. 성인도 이것으로 말미암아 성인이 되고, 영웅도 이것으로 인하여 영웅이 되고, 국가도 이것을 바탕으로 이룩되며, 사회도 이것을 바탕으로 조직되는 등 모든 일이 이것 때문에 이루어진다. 따라서 이 영험스러운 것의 힘과 신묘한 작용을 활용할 수 있게 되면 세상에 하지 못할 일이 없다. 그런데 이것을 수련해서 활용하는 사람이 별로 많지 않다. 만약 이것을 충분히 수련하면 과감성과 자신력이 생겨 무엇을 도모하던지 쏟아지는 비처럼 거칠 것이 없을 것인즉, 그것이 무엇이겠는가? 그것은 바로 '마음'이다.

마음의 바탕은 비어있는 듯 하면서도 영험스러우며 어둡지 않고 맑고 밝은 것이다.

마음의 본능은 진실하여 거짓이 없으며 독립하여 의지하지 않는다.

마음의 참된 모습은 바르고 곧아서 아첨하지 않고 강직하여 굽히지 않는다.

마음의 본체는 공평정대하고 미치지 않는 곳이 없을 만큼 넓다.

마음은 옳고 그름을 감별하고 귀신처럼 빠르게 감응할 수 있는 능력을 가지고 있다.

이처럼 더할 나위 없이 보배롭고 한없이 영험스런 능력을 가진 마음을 사람들마다 모두가 가지고 있건 만은 사람들이 살아가면서 세속에 찌들고 육체적인 욕망에 사로잡히게 됨으로 인하여 본래 허령하며 어둡지 않던 마음은 혼미하여 영험스럽지 못한 것이 되어버렸다. 맑고 밝았던 마음은 불결하고 더러운 것이 되었고 진실하여 거짓이 없던 마음은 속이고 꾸미는 일을 능사로 알게 되었다. 의존적이지 않고 독립적이던 마음은 구차스럽게 의지하려는 마음씨로 변했고 정직하며 아부할 줄 모르던 마음은 거짓말하고 아첨하는 마음씨로 변했다. 강직하며 굽히지 않던 마음은 나약하고 비열한 마음으로 바뀌었으며 공평 정대하던 마음은 편벽되어 음흉해졌고 미치지 않는 곳이 없을 만큼 넓었던 마음은 옹졸하게 좁아졌다. 시비를 감별할 줄 알던 마음은 일을 앞뒤로 착란 시켜 혼란스럽게 만들었고 신묘하게도 빠르게 감응하던 마음은 꼭 막혀 답답하기 짝이 없는 마음씨로 바뀌었다.

마음이라는 것은 우리 인간의 신성한 주인옹이고 공정한 감찰관이다. 선악과 시비를 가리는데 있어서는 주인옹과 감찰관을 속이지 말아야 하며 이 주인옹과 감찰관이 허락하지 않고 명령하지 않는 일은 즉시 그만두어야 한다. 반면에 이 주인옹과 감찰관이 허락하고 명령하는 일은 사람들이 헐뜯거나 칭찬하는 것에 개의치 말고, 일이 쉽고 어려운 것을 따지지 말고, 일신상의 화와 복을 돌보지 말고, 날카로운 칼날이라도 밟고 서며, 끓는 물과 뜨거운 불 속이라도 뛰어들어 반드시 행하여 결과를 얻어내면 여기에서 바로 과감성과 자신력이 생겨나는 것이다. 이러한 과감성과 자신감이 풍부해진 뒤에야 장자방(張子房 : 한의 창업공신)의 철퇴도 섬광이 번뜩이면서 위력을 보일 것이고, 조지 워싱턴의 자유의 종소리도 크게 울려 호응과 지지를 받을 수 있을 것이다. 그러나 이 주인옹과 감찰관의 지위를 존중하고 능력을 키우려면 평소에 반드시 수련을 쌓아야할 것이니 수련을 쌓는 데는 근심 걱정과 곤란이 제일 좋은 학교이다. 이 학교를 졸업하고 나면 천하의 어려운 일도 어렵게 느껴지지 않고 험한 길도 험하게 느껴지지 않게 되어, 무거운 책임을 짊어질 수 있고 크나큰 사업도 해낼 수 있게 되는 것이다. 오늘날 조선의 청년들이 이 제일 좋은 학교에서 공부하고 있다니 매우 반가운 소식이 아닐 수 없다. 이것은 하늘이 조선의 청년을 위하여 만든 것이로다."

무치생이 말씀드렸다.

"움직이는 모든 것은 생성하는 기운이 있는 것이지만 천연적인 압력이나 외부의 압박이 있으면 발달해 나갈 수가 없습니다. 그렇기 때문에 노예들 속에서는 성현이 나오지 않는 것이며 발에 밟히는 풀은 싹이 터도 자라지 못하는 것입니다. 오늘날 조선의 실정으로 말하면 지난 6~7년 사이에 사회의 사상에도 다소 변화가 생기고 청년들의 의지와 기개도 조금은 분발되어, 나라 안 여기저기에 학교가 설립되고 해외 유학도 제법 늘어나는 등 발전의 기미가 있었습니다. 그러나 천지를 진동하는 천둥 같은 위협과 태산과 같은 압력이 날로 중대되더니 그 발전의 기미는 유린되고 억압되고 꺾여버려 다시 어떻게 할 여지가 없게 되었습니다. 하늘이 기울어 땅에 떨어지매 상황이 완전히 뒤집어져 생성하는 기운은 전혀 없어지고, 어떻게 해볼 수 없는 막다른 상황에 처해서 한줄기 살아날 길조차 찾을 수 없게 되었습니다. 그리하여 조선 사람들 대부분이 절망에 빠져 낙담하고 있으니 이와 같은 어려움을 몸소 겪어내는 것이 하늘이 마련해 주신 더없이 좋은 교육의 기회라고 하지만 이처럼 극심한 경우를 당하고서는 사실상 그것을 하늘이 내리신 복으로 여기기가 어렵습니다."

황제께서 말씀하셨다.

"사물의 동력은 압력 때문에 생기는 것이니, 조선 사람들이 압력을 받는 것이 극도에 이르지 않으면 동력이 생기지 않을 것이다."

무치생이 물었다.

"어찌하여 그렇게 되옵니까?"

황제께서 말씀하셨다.

"조선은 본래 작은 나라로 자처하면서 스스로를 낮추

고 스스로 노예 노릇을 해왔지 않은가? 나라의 크고 작은 것을 어찌 하늘이 결정하겠는가? 은나라를 세운 탕왕은 70리 밖에 안 되는 작은 나라에서 시작하였고, 주나라를 세운 문왕은 100리 밖에 안 되는 작은 나라로 천하를 통일했다.

전국시대의 진나라는 본래 서쪽의 오랑캐 땅에 자리잡은 조그만 나라였지만 중원을 자기 것으로 만들었다 춘추시대의 월나라는 회계전투에서의 패잔병들을 모아 결국은 강력한 오나라를 이겼다. 오늘날의 가장 크고 힘있는 나라라고 하는 영국이나 러시아를 보더라도 옛날에는 모두 유럽의 조그만 나라였다. 그러나 오늘날 영국은 4만 리나 되는 식민지를 개척했고, 러시아는 영토를 3만 리나 확장하지 않았는가?

조선의 지리적 형편으로 보면 앞으로는 대양이 펼쳐져 있고 뒤로는 대륙이 뻗어있다. 만일 영웅이 한 사람 나와 활동할 수 있는 능력을 키우고 진취적인 정책을 실행에 옮겼더라면 태평양이 곧 조선의 바다가 되고 북방대륙이 곧 조선의 땅이 되었을 것이다.

해상권과 육지권 모두를 조선 사람들이 지닐 수도 있

었을 것이다. 그런데 어찌해서 조선 사람들은 나라의 크고 작음을 하늘이 정해 준 것으로 여기고 있단 말인가? 그리고 또 말끝마다 '우리는 작은 나라입니다. 작은 나라입니다. 어찌 감히 대국을 섬기는데 있어 조심 하지 않겠습니까?' 또한 '나라 밖의 한 발짝의 땅인들 어찌 감히 망령되게 생각하겠습니까?'라고 해온 것은 무엇 때문이었는가? 조선 사람들은 지금까지 오로지 사대주의만을 정성스럽게 지키고 쇄국 정책을 고집하면서 남의 나라 섬기기를 하늘 섬기듯 하여 글자 한자 말한마디에도 신경을 써왔다. 또 두만강 압록강 대마해협을 하늘이 그어준 한계로 생각하여 백성 중에 그 경계를 넘는 사람이 있으면 밀수죄나 국경 침입 죄를 씌워 혹독한 형벌을 가해왔으니 이 얼마나 참혹하고 슬픈 일인가? 조선 사람들이 이처럼 오랫동안 우리 안에 갇힌 생활을 면할 수 없었으니 어찌 산업을 발달시킬 수 있었겠으며 세상 돌아가는 데 대한 감각이 있을 수 있었겠는가?

이와 같이 작은 조정, 조그만 땅덩어리의 나라에서는 관중이나 제갈공명 같은 정략가가 나와도 할 일이 없고, 손자나 오자 같이 병법에 능한 장수가 나와도 쓸모가 없을 것이다. 정계에 있는 자는 오로지 정권 쟁탈만이 큰 사업이요 당론주장만이 큰 의리일 뿐, 인민에 대해서는 물고기들이 제 족속 잡아먹고 개들이 뼈다귀 놓고 다투듯이 서로 침탈하고 해치는 것을 능사로 알고 있다. 이러한 현상은 스스로 왜소하게 비하하는 근성에서 비롯된 것으로서, 이는 그대로 노예적 근성이 되고 다시 이 노예적 근성으로 말미암아 미련하게 이익만을 노리고 염치를 차릴 줄 모르는 근성이 생겨나는 것이다. 이에 대하여는 극심할 정도의 압력이 아니고서는 그 근성이 바뀌게 하거나 동력이 생겨나게 할 수 없다. 또한 조선 사람들은 대외경쟁을 해보지 않았고 해외진출의 기상도 없었기 때문에 그럭저럭 세월이나 보낼 뿐 아무 일도 해내지 못하고 어떠한 일에 대한 계획 한번 변변히 추진한 바 없었다. 그러니 당장 편안함만을 생각하여 직무를 게을리 하는 습관과 나태·안일의 풍조가 생겨난 것이다. 또한 밤을 새워가며 술이나 마시고 노는 버릇이 온 사회에 전염되고 굳어져 사람들의 심신을 피폐하게 하였기 때문에 문 밖에 부는 미풍도 감히 쏘이지 못하고 머리 위에 파리조차 쫓아버리지 못할 정도로 활달한 정신이 쇠잔하여 극도의 빈사 상태에 빠져있다. 이 또한 극심할 만큼의 압력이 아니고서는 그 게으른 기풍을 뜯어고쳐 활기 있는 힘을 생성시킬 수 없다.

옛날 중국 전국시대의 묵자는 송나라 사람이었다. 송나라는 약소국인 데다가 지리적으로는 진나라와 초나라가 싸우는 틈바구니에 끼어있어 이쪽저쪽으로부터 업신여김도 많이 당하고 압력도 많이 받았다. 이에 묵자는 나라를 구원하고자하는 간절한 생각 끝에 머리끝에서부터 발뒤꿈치에 이르기까지 다 닳아 없어진다 해도 세상을 이롭게 하는 일이라면 그 일을 하겠다는 생각을 발표했던 것이다. 초나라가 송나라를 공격하려 했을 때 묵자의 제자들이 초나라를 설득해보려고 갔다가 70여 명이나 죽었다. 이러한 까닭에 전국시대에는 강한 나라를 억제하고 약한 나라를 도우려하는 의협적인 기풍이 매우 강하게 일어났었는데 이는 모두 묵자의 교화 때문이었다.

조선은 오래전부터 스스로 독립하지 못하고 남의 나

라에 의지하여 살아가는 부용(附庸 : 큰 나라에 딸려서 그 지배를 받는 작은 나라) 국가의 대우를 받아 평등한 지위를 잃은 지 오래였는데, 오늘날에는 말할 수 없는 치욕과 무한한 고통마저 겪고 있다. 그러니 마땅히 피 끓는 정열과 애국심을 가진 남자가 앞장서서 구국의 정신으로 조국의 동포들에게 인도주의와 평등주의의 정신을 일깨워주어, 하등의 지위를 벗어 던지고 상등의 지위로 전진하고자 하는 사상이 격발토록 해야 할 것이며, 전 세계에 대해서도 우리의 불행을 이해해 줄 것을 요구해야 할 것이다. 조선의 동포들이 세계적으로 우등한 민족을 상대할 만한 지식과 자격을 갖추게 되면 부도덕하고 불법적인 강압을 벗어나 평등한 지위를 누릴 수 있는 능력도 생겨날 것이다. 더구나 평등주의는 하늘이 허락하시고 시대의 기운이 나아가는 것이며 세계의 문명사회가 이에 동조하는 것이다. 조지 워싱턴이 독립의 깃발을 내걸고 투쟁하여 개가를 올린 것은 자유주의의 바람이 불던 때였지만 지금은 평등주의의 바람이 불고 있기 때문에 열정적인 혈기의 남자가 나와 평등주의의 기치 아래 동포들을 깨우치고 세계에 공표하면, 어찌 좋은 결과가 나오지 않겠는가? 그러므로 조선이 지금 당하고 있는 어려움은 조선 청년들을 위해서는 참으로 크게 희망을 가질 수 있는 기회이며 큰일을 할 수 있는 기회인 것이다."

다시 무치생이 아뢰었다.

"제가 일찍이 교육계에서 일해 본 적이 있사온데 우리 조선 청년들은 총명하고 재주 많고 지혜로운 면에서는 다른 나라 청년들 보다 월등하여 학문을 성취한 사람도 많고 유망한 사람도 많습니다. 그러나 그 인격이 웅장하고 막힘이 없고 강인하면서도, 진취적인 기상과 민첩한 수완, 그리고 일을 처리하는 능력 등을 고루 갖춘 사람은 아주 찾아보기 어려우니 이것이 조선 청년들의 최대 결점입니다. 따라서 조선 청년들에게는 정신교육이 가장 필요하다고 생각되며 정신교육의 교재는 고대 위인들의 역사가 좋을 것 같습니다.

천지개벽이래 우리 동양권에서 영웅의 역사를 논하는 사람들은 대체로 금나라 태조황제와 몽고의 황제 칭기즈칸을 거론하는데, 폐하는 동쪽 한 모퉁이의 조그마한 부락에서 몸을 일으켜 소수의 민족과 작은수의 병력을 이끌고 불과 수년 만에 요나라를 무찌르고 송나라를 빼앗아 중국 대륙을 정복하였으니 이는 지금까지 역사에서 찾아볼 수 없었던 업적이었습니다. 또한 칭기즈칸은 북쪽 광막한 황무지의 한 조그만 나라에서 시작하여 남쪽을 정벌하고 북쪽을 치며, 무적의 기세로 뻗어나가 마침내 아시아와 유럽 양 대륙을 석권하였으니 알렉산더나 나폴레옹에 비할 바가 아니었습니다. 그러나 칭기즈칸은 저 몽고족의 영웅이지만, 폐하는 우리 고려족의 영웅이시니 폐하의 일생에 대한 역사를 가르쳐 우리 청년자제들의 정신을 깨우치고 분발하게하면 크게 효력이 있을 것 같습니다."

황제께서 말씀하셨다.

"백두산이 우뚝 솟아있고 두만강이 굽이쳐 흐르는 곳이 짐의 발원지이다. 우리 동방 민족이 이에 대하여 어찌 짐의 옛 자취를 상상해 보고자 하는 마음이 없겠는가? 그러나 시대가 다르면 하는 일도 다른 법이다. 오늘날과 8백 년 전은 전혀 다르지 않은가? 8백 년 전은 가족을 기준으로 하는 시대였지만 지금은 민족을 기준으로 하는 민족 시대이고, 8백 년 전은 육지에서 전쟁하는 시대였지만 지금은 바다에서 전쟁하는 시대이고, 8백 년 전은 활과 화살의 시대였지만 지금은 총과 대포의 시대이다. 짐은 가족의 힘으로 천하를 정복했지만, 지금은 민족의 강한 힘이 아니고서는 일을 할 수가 없다. 짐은 육지의 전쟁에서 무적의 기세로 천하를 정복했지만, 지금은 바다의 전쟁에서 무적의 상태가 되어야만 한다. 짐은 활 쏘는 솜씨로 천하를 정복했지만, 지금은 총과 대포 다루는 솜씨가 좋아야만 한다. 따라서 짐의 역사가 어찌 오늘날의 청년들에게 적합한 교훈을 줄 수 있겠는가? 그러나 짐의 정신적 역사는 혹 뒷사람의 정신력을 키우는 데 도움이 될 수 있을 지도 모르니 시험 삼아 생각해보도록 하라.

짐의 옛나라는 여진이다. 처음에는 요나라의 속국이 되어 대대로 절도사의 직책을 받아왔다. 그리하여 요나라의 사신이 오면 우리 나라의 임금과 신하들이 모두 나가 절을 하면서 맞아드리고 환영 연회를 벌이곤 하였다. 짐은 어린 시절부터 이것을 못마땅하게 생각하여 인정하려 하지 않았다. 이에 요나라의 사신이 크게 노하여 짐을 죽이려고 했으나 짐은 그것을 두려워하지 않고 오히려 요나라의 무례한 침략적 행동에 분연히 저항해서 군사를 일으켰다. 이 점이 정신적 역사로서 생각해 볼 수 있는 첫 번째이다.

짐이 처음에 군사를 일으켜 인근 부락부터 정벌해 나갈 때 뛰어난 무사 70여 명을 얻은 후에 천하를 거리낌 없이 달려 만리장성을 넘어 중원으로 진출할 뜻을 품었다. 이 점이 나의 정신적 역사로서 생각해볼 수 있는 두 번째이다.

요나라는 당시에 천하의 강대국이었고 송나라는 제일가는 문명국이었지만 이들 나라를 무찌르면서 고목나무를 쓰러뜨리거나 썩은 나무를 뽑아내는 것쯤으로 여겼으니 이 점이 그 정신적 역사로서 추상해 볼 수 있는 세 번째이다.

만일 그때에 짐이 요나라의 강대함을 두려워하고 송나라의 문명을 숭배했더라면 동쪽의 한 모퉁이에 있는 조그만 부락의 생활도 보전하기 어려웠을 것이니, 어찌 세계 역사에 대금나라의 영예를 남길 수 있었겠는가? 그 때 짐의 눈에는 강대한 자도 문명한 자도 보이지 않았기 때문에 그러한 결과가 있었다고 할 수 있다. 이것이 짐의 정신 자세였다.

　오늘날 조선 청년들도 담력과 용기를 기르고 가슴을 활짝 펴서 나라 사이에는 대소강약이 없다고 생각하여 어떠한 강대국을 대하더라도 두려워하는 마음을 갖지 말고 그 나라를 이겨 앞서고자 하는 뜻을 세워야 한다. 또한 어떠한 문명국을 대하더라도 선망하는 마음을 갖지 말고 그 나라에 도전하려고 하는 뜻을 세워야만 할 것이다. 그래야만 청년의 자격을 가졌다고 할 수 있으며 장래 희망이 있는 자라고 할 수 있을 것이다."

　무치생이 아뢰었다.

　"금나라의 역사를 보면, 폐하께서 군사를 이끌고 밤에 흑룡강을 건너실 때, 병사들에게 나의 말머리만을 바라볼 뿐 물속을 들여다보지 말라 하셨고 병사들은 그 명령에 따라 강을 건넜는데, 그 뒤에 강물은 다시 잴 수 없을 정도로 깊었다고 했습니다. 요즈음의 과학자들은 이 일을 가끔 믿지 않으려고 하지만 저는 있을 수 있는 일로 여기고 있으며 그것은 오로지 폐하의 정신력 때문에 가능한 일이었다고 생각합니다."

　황제께서 말씀하셨다.

"그렇다. 사람의 정신이 한 곳에 집중되면 천지도 감동하는데 어떠한 일인들 이루지 못하겠는가."

무치생이 물었다.

"폐하의 용병술이 귀신같아서 싸우면 반드시 이길 수 있었는데 무엇 때문에 그런 위험을 무릅쓰는 일을 하셨습니까?"

황제가 웃으면서 대답하였다.

"하늘이 짐에게 명하여 천하를 평정케 하시는데, 물살이 세고 깊은 강이라고 해서 어찌 건너기를 두려워하여 적군을 격파할 수 있는 기회를 놓칠 수 있었겠는가? 모험적인 정신이 그 정도나 됐기에 널리 천하를 구제할 수 있는 결과가 있었던 것이다. 그러나 이런 일은 사실상 보통 과학자들은 생각할 수가 없는 일이다."

이에 대해 무치생이 아뢰었다.

"모험이라는 이 두 글자는 사람이 일을 해내는 과정에서 대가로 치루는 것입니다. 따라서 세계적인 위인들의 역사를 대강 훑어보면 모두 모험을 했습니다. 혼자서 만 리 뱃길을 떠나 서쪽으로 서쪽으로 항해하는 동안 선원들이 자기를 죽이려고 하는 것도 두려워하지 않고 오로지 앞으로만 나아갈 뿐, 뱃머리를 되돌리지 않음으로써 마침내 아메리카 신대륙을 발견한 사람은 스페인의 콜럼버스(이탈리아의 탐험가 임)라는 사람이었습니다. 일개 수도사의 신분으로서 각 국가의 군주들을 발아래에 둘 만큼 위력을 가진 교황에게 반항하여 종교자유의 깃발을 높이 들었던 사람은 독일 사람인 마틴 루터였습니다.

일엽편주로 지구를 일주하면서 온갖 죽을 고비를 무릅쓴지 3년 만에 태평양 항로를 발견하여 동반구와 서반구의 교통로를 열어놓은 사람은 포르투갈의 마젤란이라는 사람이었습니다. 탐험정신으로 수만 리 사막을 지나 아프리카 내륙지방을 답사하면서 풍토병과 싸우고 원주민과 싸우고 맹수와 싸운 지 수십 년 만에 아프리카 전체를 개통해서 백인들의 식민지로 개척한 사람은 영국의 리빙스턴이었습니다.

16~17세기 유럽에 신·구교도의 전쟁이 일어나 게르만족들이 신교도들을 마구 죽여 씨를 말리려 할 때 보잘 것 없이 작은 나라의 병력으로 힘에 부치는 일임을 알면서도 인류를 위한다는 사명감을 가지고 인민을 도

탄에서 구하고 자기 자신의 희생을 아끼지 않았던 사람은 스웨덴 국왕이었던 구스타프스 아돌프라는 사람이었고, 약해진 나라의 힘을 만회하고 어리석은 국민을 깨우치기 위해서 국왕의 몸으로 외국을 여행하며 몸소 고용인이 되어 기술을 배워가지고 국민을 가르침으로써 자기나라를 세계의 강국으로 만든 사람은 러시아 황제였던 피터 대제였습니다.

국왕의 불법 전제정치에 반항하여 정의의 깃발을 내걸고 의회군과 혈전을 벌인지 8년 만에 국왕을 죽였다는 불명예를 감수하면서까지 입헌정치 체제를 제정하여 세계 헌법의 사범이 된 사람은 영국 사람인 크롬웰이었습니다. 미국이 영국의 지배를 받으면서 세금을 많이 내고 인권을 유린당하고 있을 때, 일개 농부의 몸으로 독립의 깃발을 들어 8년간 고전한 끝에 나라의 독립을 쟁취하고 인간의 자유를 회복하여 미국으로 하여금 지구상의 일등 국가들이 누리는 영예와 복리를 누리게 만든 사람은 워싱턴이었습니다.

프랑스 혁명의 여파로 전 유럽대륙이 뒤흔들리고 온 나라가 시끄러울 때 군대의 일개 장교로서 분연히 일어나 사방을 정벌하여 전 유럽을 석권한 사람은 프랑스의 나폴레옹 그 사람이었습니다. 폴란드가 스페인의 식민지가 되어 종교탄압과 학정에 시달리고 있을 때, 망명객으로서 게르만 지방에서 의병을 모집하여 혈전을 벌인지 37년 만에 국권을 회복하고 자신은 자객의 손에 죽으면서도 회한을 남기지 않은 사람은 오렌지 공 윌리엄이었습니다.

수십 년 전 미국에서 노예매매제도 때문에 인도주의 정신이 사라지고 남북 분열의 위기가 닥쳐왔을 때 일개 선원의 아들로서 정의와 도리에 입각하여 선전포고를 하고, 국민들의 지지를 받아 전쟁에 이긴 뒤 자기 자신은 암살당하면서까지 국민평등의 이상을 실행에 옮겨 천하의 모범이 된 사람은 미국의 링컨이었습니다. 이탈리아 민족이 오랫동안 오스트리아사람들로부터 노예 대접을 받고 있을 때, 어린 나이로 이국땅에 도피하여 있으면서 국혼을 부르짖고 청년 교육에 힘씀으로써 마침내 조국이 독립을 되찾을 수 있도록 한 사람은 이탈리아의 마치니라는 사람이었습니다. 이와 같은 사람들은 모두 모험적인 정신으로 온갖 어려움에도 굴복하지 않고 죽음을 무릅쓰면서 그 목적한 바를 달성한 것이 틀림없는 사실입니다. 그러나 이 '모험'이라는 두 글자에 대하여 말할 수 있는 사람은 많지만 실행에 옮기는 사람은 적으니 어찌 한탄스러운 일이 아니겠습니까?"

이에 황제께서 말씀하셨다.

"이를 실행하지 못하는 것은 다른 까닭 때문이 아니라 그 사람이 일을 하고자 하는 뜻은 있지만 위험의 요소가 눈앞에 가로놓인 상황에서 이럴까 저럴까 망설이다가 그 목적지에 도달하지 못하기 때문이다. 따라서 어떤 일을 해내기로 목적을 세웠으면 오로지 한결같은 정신으로 그 목적만 바라보되 그 나머지는 돌보지 않아야 모험을 감행할 수 있는 것이다. 짐이 군사를 이끌고 흑룡강을 건널 때는 눈앞의 적을 잡을 생각만 했을 뿐, 물이 깊고 얕은 것은 생각하지 않았었다. 이러한 점을 헤아려서 행동에 옮기면 만사가 모두 이루어질 수 있다. 오늘날의 조선 청년들도 조국과 민족만을 바라보고 기타 모든 것들은 일체 바라보지 않으면 모험을 감행하기가 어렵지 않을 것이다."

무치생이 아뢰었다.

"폐하께서 가족의 강력한 힘을 바탕으로 천하를 정복하신 것은 역사적인 사실입니다. 당시에는 싸움이 벌어지면 부자형제가 모두 종군하여 대장이나 참모가 되고, 선봉장이나 지원 부대장을 맡고, 장교나 병졸이 되니 혈연으로써 군대의 틀을 이루었습니다. 이러한 까닭으로 병졸이 정예화 되었으며 병력이 고르고 장수들도 용감하여 뜻이 하나로 통일됨으로써 천하무적의 군대가 될 수 있었습니다.

한 편 오늘날은 세계 각국이 그 민족 전체의 힘으로 경쟁하는 시대가 되어있는 까닭에 민족의 단체적인 힘이 아니고서는 다른 민족에게 저항하거나 승리를 거두기가 어렵습니다. 따라서 오늘날의 세계에서 선진 국가의 지위를 누리고 있는 민족들은 모두 단결된 정신과 단결된 세력으로써 경쟁할 준비를 완전히 갖추기 위하여 정치계 · 종교계 · 교육계 · 실업계 · 군사 등 모든 분야가 민족의 기관으로서 중지를 모으고 역량을 결집시키고 있습니다. 그리하여 그 기초가 공고하고 실력이 건전하기 때문에 꾀하는 것은 반드시 거두며 하는 일은 반드시 성취하는 것은, 다른 민족과 경쟁하는 경우에도 실패 없이 반드시 승리를 거두고 있습니다. 반면에, 단결 정신과 단결된 세력이 없는 민족은 모든 일에서 타민족에게 굴복하게 되고 실패를 함으로써 정치권·교육권·실업권·군사권 등 일체의 권리를 남에게 빼앗기고 자신은 털끝만한 자유도 누리지 못한 채 생존조차 위협을 받고 있습니다.

우리 나라에서는 이러한 실정을 알고 나서부터 이처럼 경쟁이 극렬한 시대에 자기 보존을 위한 방책의 하나로서 국민 단체의 필요성을 제창하고 또 설명하는 사람들이 더러 있습니다. 그러나 최근 몇 년 동안의 사정을 놓고 보면 국민 전체의 단합은 아직 기대하기 어려운 실정입니다. 뿐만 아니라 불과 몇몇 사람들밖에 없는 조그만 단체 안에서도 서로 권리를 다투고 세력 쟁탈전을 벌임으로써 마치 닭장 안의 닭싸움이나 벌통 안의 벌 싸움 같은 짓을 하다가 마침내 단체는 단체대로 분열되거나 해산되고 사람은 사람대로 비웃음거리가 되는 경우가 많습니다. 또한 단체들 중에 대부분의 단체들이 자립적인 정신마저 없이 남에게 의지하려다가 도리어 이용물이 되어 조국을 팔아먹고 동포들에게 해를 끼침으로써 이 세상에서 가장 못나고 열등한 본보기가 되었습니다.

　해외 각지에 이주해서 살고 있는 동포들의 경우도 비슷합니다. 이리저리 떠돌아다니는 처지라서 서로 친밀하게 지내고 서로 사랑하는 마음도 유별나야 할 것이며, 다른 민족들로부터 수모를 받지 않고 살아가겠다는 생각도 있어야 할 것이며, 고초를 겪으면서 어렵게 살고 있지만 타고난 양심은 남아있을 터인데도 무슨 권리 싸움을 하고 무슨 세력 쟁탈전을 벌이는지 서로 시기하고 서로 몰아내는 등 당파 싸움을 일삼고 있습니다. 그 중에서도 가장 통탄스러운 것은 사실상 개인적으로 외국사람의 노예노릇을 하면서도 여우가 호랑이의 위세를 빌리는 식으로 그들의 위세를 빌려 거드름을 피우면서 죄 없는 동포들을 사지에 밀어 넣는 것을 생활수단으로 삼고 있는 자들이 매우 많다는 사실입니다. 호랑이나 늑대도 제 족속끼리는 잡아먹지 않거늘, 이처럼 동족을 괴롭히고 죽이려하는 비열한 놈들은 인간은 고사하고 짐승들도 없을 것입니다.

무릇 모든 인류가 천지의 기를 받아서 신체를 이루고 천지의 영을 받아 마음을 이루기 때문에 세상의 모든 사람이 모두 나와 같은 동포라고 할 수 있고, 조상이 같은 후손끼리는 혈맥 관계가 있기 때문에 서로 사랑하는 정이 당연히 더 많을 수밖에 없습니다. 우리 대동 민족은 본향이 어디건 성씨의 파가 어찌되었건 따질 것 없이 모두 단군 할아버지의 혈통을 이어 받은 후손들이기 때문에 누가 되었던지 서로 뗄 수 없이 가까운 형제들이 아니겠습니까? 그런데도 이런 생각을 하는 사람은 없고 제 스스로를 해치거나 서로를 헐뜯는 일이 이처럼 벌어지고 있으니 필경에는 모두 한꺼번에 멸망해 버릴 것입니다. 이런 생각을 하다보면 실로 가슴을 치면서 통곡을 하지 않을 수 없습니다. 어떠한 방법으로 이 비열하고 악한 심성을 뿌리째 뽑아버리고 인애심과 공덕심을 배양하여 서로 친근하게 사랑하는 정으로서 해치고 헐뜯는 일이 없이 국민 단체의 신성한 사상과 공고한 세력으로 자기를 보존해 나감으로써 천지간에 우리 단군 할아버지의 혈통이 끊겨 없어지는 경우에 이르지 않도록 할 수 있겠습니까?"

황제께서 말씀하셨다.

"너의 말이 참으로 슬프고 네 마음도 실로 괴로운 것 같구나. 민족의 존속과 멸망을 가름하는 것이 사실은 마음이고, 따라서 어떤 마음가짐을 가지느냐하는 문제는 근본적인 문제라고 할 수 있다. 그러니 그 말이 어찌 슬프지 않으며, 그 마음이 어찌 괴롭지 않겠는가? 짐이 이 근본 문제에 대하여 분명하게 말해주겠다.

무릇 인간의 마음에는 '선악' 두 글자가 있는데, 선과 악의 사이는 털 오라기 하나도 용납되지 않는다. 그래서 한번 마음먹는데 따라 충신이나 의사도 될 수 있고 나라를 좀먹는 난신적자가 될 수도 있다고 하는 것이다. 조선은 예부터 군자의 나라·예의의 나라라고 칭해왔으며 그 민족은 신성한 단군후예로서 4천년 역사를 가진 민족이 아닌가. 원래 그 민족들은 온화하고 충직하여 거칠거나 억세지 않고, 총명하고 지혜로워 우둔하거나 우매한 사람들이 아니었다. 그런데 오늘날에 이르러서는 어찌해서 그처럼 비열하고 사악한 무리로 변했는가? 여기에는 다른 까닭이 없다. 조선 사람들이 스스로 작은 나라로 자체하고 스스로 비하하는 습관을

지니고 사는 동안에 일종의 비루한 성질이 생겨났기 때문이다.

　조선의 과거 역사를 놓고 말한다면 오직 고구려시대에 무강한 기풍과 독립정신이 있었다. 신라 중엽에 이르러 일시적인 정책으로 다른 나라에 의지하는 행동이 있기는 했으되 스스로 방위하는 정신까지 잃지는 않았던 탓으로 대외적으로 경쟁을 벌이는 일도 있었다. 고려 말에 이르러서 비록 몽고로부터 심한 압제를 받기는 했지만, 자강의 기풍이 완전히 땅에 떨어지지는 않았고 최영 같은 호걸남아가 나와 대외 활동 강화책의 일환으로 요동정벌을 주장하기도 했다.

　그러나 그 후 5백년간은 완전히 부용(附庸 : 남에 의지하여 따로 독립하지 못함) 시대요. 폐쇄시대였다. 다른 나라와 경쟁을 한다거나 나라 밖으로 진취하는 일에 대해서는 꿈조차 꾸는 사람이 없었으니, 이런 혈기를 가지고 누구를 상대로 경쟁을 벌이겠는가? 오로지 사사로운 권리와 사사로운 이익을 둘러싸고 제나라 안에서 다투었을 뿐이다. 더구나 당파의 경쟁과 학파의 경쟁마저 생겨나 서로 공격하는 일이 끊이지 않고 분분하게 일어났다. 그들은 이런 유의 경쟁에서 이기는 것이 마치 거록대전에서 항우가 진나라 대군을 무찌른 것과 같이 생각하고, 적벽대전에서 주유가 조조의 대군을 물리친 것과 같다고 생각하는 듯하다. 그러나 조금이라도 활달한 기상을 가진 남자의 눈으로 이러한 일을 보면 그들이 싸우는 것은 파리 대가리만한 시시한 이익을 놓고 싸우는 것에 불과하고, 달팽이 뿔 위에서 헛된 명예를 놓고 다투는 것에 불과하다. 이처럼 비루한 짓을 하는 것을 세상에서 보기 드문 소중한 사업으로 여기고 첫째가는 의리로 간주했기 때문에 그 국민들도 모두 비루한 풍조에 물들어서 각자의 영역 내에서 사사로운 권리와 이익을 놓고 경쟁을 벌이는 것이 제 2의 천성이 되어 버렸다. 이러고서야 어찌 국가를 돌아보고 동족을 사랑하는 공덕심과 의협심이 생겨나겠는가?

그런즉 오늘날에 이르러 나라를 팔아먹고 동족에게 피해를 입히는 극렬 극악한 행동은 바로 '비루'라는 두 글자에서 연유되는 결과이다. 또한 사회적으로는 공공의 단체나 기구를 돌보지 않고 공정한 사회 정의를 무시하면서 오로지 사사로운 의견에 따라 시기하고 다툼으로써 단합하지 못하고 분열만을 일삼는 것도 '비루'함의 결과이다. 비루한 사람은 결국 짐승이나 다름없이 될 것이며, 짐승 같은 사람은 결국 다른 사람들에게 쫓겨나거나 죽음을 당할 뿐이다. 그러나 비루하다는 것이 인간 본래의 성질은 아닐뿐더러 조선 사람은 원래 신성한 종족이었다. 다만 지나간 시대의 비열하고 조악한 풍습으로 말미암아 그것이 더욱 나빠져 이 지경이 되었으니 어찌 슬프고 불쌍한 일이 아니겠는가?

짐이 조선 민족의 보통교육을 위하여 해상보통학교와 대륙보통학교를 세우기로 방침을 세워놓고 있다. 콜럼버스를 해상 학교의 교사로 초빙하여 항해술을 가르치게 하면 조선 사람들의 안목이 넓어질 것이며 좁은 소견의 마음과 머리도 씻어낼 수 있을 것이다. 대륙학교에는 몽고의 야율초재를 교사로 초빙하여 유라시아 대륙을 치달리던 정신을 가르치게 하면 조선 사람들의 신체도 단련되고 연약한 성질도 개량될 것이다. 이렇게 되면 오랫동안 내려오던 비루한 풍습이 자연히 씻기어 없어지고 새로운 지식과 새로운 도덕으로 동포를 사랑하는 사상도 생겨날 것이며 다른 민족에 대해서도 인격을 잃지 않는 효과가 생길 것이다."

무치생이 감격하여 말하였다.

"폐하께서 우리 민족의 생명을 구해 주실 생각으로 그런 교육까지 계획하고 계시니 참으로 감격하여 눈물이 쏟아지는 것을 이길 수가 없습니다. 그러나 원래 씨앗의 질이 좋지 못하면 다른 곳에 옮겨 심더라도 좋은 종자가 되지 못하는 법입니다. 우리 민족이 본래 훌륭하신 조상들의 후예이기는 하지만 지난 수백 년 간 비루한 풍습에 젖어 살아오는 동안 비루함이 유전성으로 되었으니 이것은 태어나기 전 뱃속에서부터 가지고 있는 병에 근원입니다. 그런 까닭에 최근 몇 년 동안에 우리 민족이 해외 각지에 이주해서 이국산천에 대해 안목을 가지게 되고 다른 민족의 풍습에 감화되기도 했지만, 끝에 동포사회 안에서의 단합하는 정도는 극히 미약하고 앞으로도 기대하기가 힘이 듭니다. 이는 조선 사람들의 바탕이 나빠서 그런 것인지 아니면 조선 사람들에게 박혀있는 병의 근원이 아직도 빠지지 않은 까닭인지, 저로서는 이점이 매우 두렵고 걱정스럽습니다."

황제께서 말씀하셨다.

"그것이 어찌 원래의 바탕 탓이겠는가? 필시 병근이 빠지지 않았기 때문일 것이다. 비록 해외에 이주한 사람이라 하더라도 훌륭한 교육의 정신이 머릿속에 박혀 있지 않은 사람은 구시대의 조선 사람이니 어찌 새로운 국민의 자격이 있다고 할 수 있겠는가? 그래서 짐이 커다란 학교를 세우고 고명한 교사들을 초빙하여 훌륭한 교육을 실시하고자 하는 것이다. 만일 조선 민족이 모두 다 같이 골고루 이런 교육을 받아 개개인이 모두 발달하고 뻗어나갈 수 있게 되면, 조선 민족의 활기찬 기상과 활달한 기량은 저 섬나라 종족이 따라올 수 없을 정도가 될 것이다. 저들 일본사람들은 다만 바다 위에서 배를 타며 살다보니 모험 활동을 하는 힘이 있을 뿐인데, 우리 민족이 해상에서 활동하고 대륙에서 뻗어나갈 수 있는 자격을 겸비하게 되면 어찌 저들보다 우세하지 않으리오. 너는 그 결과가 어떻게 되는지 고대해 보도록 하라."

무치생이 아뢰었다.

"폐하께서 세우시겠다고 조금 전에 말씀하신 천설학

교는 시대의 추세에 알맞게 청년의 자격을 길러내는 곳이라고 생각되고, 해상보통학교와 대륙보통학교는 지리적 차원에서 국민성을 개량하는 곳이라고 생각됩니다. 그 규모는 매우 클 것으로 보이는데, 이 학교들로 인해서 우리 민족의 앞날도 희망을 걸 수 있을 것 같습니다. 이 이외에도 정신교육을 위해서 필요한 학교가 있사옵니까?"

황제께서 말씀하셨다.

"단군대황조께서 세우신 4천 년의 전통을 가진 학교가 있는데 그 위치가 아주 좋고 규모 또한 대단하다."

"엎드려 바라옵건대, 폐하의 특별한 사랑을 입어 우리 조상님께서 세우신 학교를 찾아가 볼 수 있게 해주시면 실로 분에 넘치는 은혜가 되겠습니다."

그러자 황제께서는 특별히 대신 종망(宗望 : 금나라 태조의 둘째 아들)에게 명하여 안내를 하도록 하셨다.

학교의 위치는 백두산 아래에 있었는데 서쪽으로 황해를 바라보고 북쪽으로 만주를 베고 누워 있었으며, 동쪽으로 푸른 바다를 끼고 남쪽으로는 현해탄을 경계로 하고 있었다. 박달나무 아래로 시원스럽게 뻗어 있는 한줄기 넓고 큰길을 따라가니 곧바로 학교로 통하게 되어 있는데 무궁화와 불로초가 아름답게 어우러져 있어 풍경이 아름다워 학생들의 건강에도 매우 좋을 것 같았다.

무수한 소학교들이 기라성처럼 즐비하게 늘어서 있었으나 일일이 시찰할 겨를이 없어 우선 제일 유명한 대동중학교를 찾아갔다. 교문 밖에 금강석에다 학교를 건설한 역사를 새겨서 세워 놓았는데, 개교일은 지금으로부터 4244년 전, 무진년 10월 3일 이었다. 안으로 들어가 교장실을 찾으니 후조선 태조 문성왕 기자께서 교장으로 계셨고 실내에는 홍범도와 팔조교가 걸려 있었다. 교감은 고려의 안유씨였다. 강의실은 수천 칸이었는데, 천문학 교사는 신라의 선덕여왕으로서 첨성대의 제도를 설명하시고, 백제의 왕보손씨는 천문학을 일본에 전수하기 위하여 떠나고 없었다. 지문학교사는 팽오씨인데 단군조선시대에 국내 산천을 개통시키던 역사를 설명하고 있었다. 윤리학 교사는 후조선시대의 소연씨와 대연씨, 그리고 신라의 박제상씨였다. 체조 교사는 고구려 연개소문씨였는데 석자나 되는 수염에

늠름한 풍채로 몸에는 수십 개의 큰 칼을 차고 운동장에서 구령을 외치면서 검술을 가르치고 있었다.

국어 교사는 신라의 설총씨이고 역사 교사는 신라의 김거칠부씨와 고구려의 이문진씨, 그리고 조선의 안정복씨였다. 화학 교사는 신라의 최치원씨와 조선의 양사언씨이고, 음악 교사는 가야의 우륵씨와 신라의 옥보고씨였다. 미술 교사는 신라의 솔거씨와 고구려의 담징선사였는데, 담징은 일본에 미술 교수로 초빙되어 가고 없었다. 산술 교사는 신라의 부도씨이고 물리 교사는 조선의 서경덕씨였다. 수신 교사는 고려의 최충씨였다. 강의실 옆에 활자 기계실이 있어 수만 권의 책들을 찍어내고 있었는데, 이는 조선의 태종대왕께서 창조하신 것으로서, 세계에서 가장 먼저 발명된 활자(최초의 금속 활자는 고려 고종 때인 1234년 임)였다.

중학교의 서남쪽에 매우 웅장한 학교들이 있었는데 그 중에 하나는 육군대학이었다. 교장은 고구려 광개토대왕이시고 교사는 고구려의 을지문덕씨와 고려의 강감찬씨였다. 을지문덕씨는 살수대첩에서 수나라 백만 대군을 모조리 죽이던 일을 설명하고, 강감찬씨는 홍화진에서 거란의 수십 만 대군을 격파하던 일을 설명하고 있었다. 또 다른 한 학교는 해군대학인데 교장은 신라의 태종 무열왕이시고 교사는 고려의 정지씨와 조선의 이순신씨였다. 정지씨는 호남해안에서 왜선 120척을 대파하던 사실을 설명하고, 이순신씨는 철갑 거북선을 창조하여 왜선 수백 척을 전멸시켰던 사실을 설명하고 있었다.

이어서 각 전문 대학교를 둘러보니 정치대학교 교장은 발해의 선왕이시고 교사는 조선의 유형원씨와 정약용씨였다. 법률대학교 교장은 신라의 법흥왕이시고 교사는 신라 효소왕 때의 율학박사였던 여섯 분이었다.

농업전문학교 교장은 백제의 다루왕이신 데 벼농사 짓는 법을 널리 가르치시고, 교사인 신라의 지증왕은 소를 이용하여 농사를 짓는 편리함을 설명하시고 있었다. 신라와 백제의 왕궁에 있던 부인들은 누에치는 법과 길쌈하는 법을 가르치고 있었다. 차를 기르는 법은 중국에서 종자를 구해다가 지리산에 심었던 신라의 대렴씨가 설명하고 있었다. 고려의 문익점씨는 중국 남쪽에서 목면의 씨를 가져다가 나라 안에 옮겨 심은 사실을 설명하고 있었다.

공업 전문학교 교장은 백제의 개로왕이시고 교사는 신라의 지증왕, 백제의 위덕왕, 신라의 이사부씨, 백제의 고귀씨였다. 이들은 고구려에서는 가죽 공업, 백제에서는 도예 공업, 야금 공업, 칠기 공업, 말안장 제작 공업, 미술 공업, 신라에서는 철 공업, 그릇 제작 공업, 수 공업, 불상 주조 공업, 방직 기계 공업, 조선 공업 등 각종 공업이 특히 발달 했었으며, 각 방면의 기술자들 중에는 일본에 선생으로 간 사람이 많았다는 사실을 설명하고 있었다. 그리고 고려의 최무선씨가 화포를 만들어 일본 배들을 쳐부수었던 사실을 설명하고 있었다.

의학 전문학교 교장은 백제의 성왕이시고 교사는 신라의 김파진씨와 한기무씨 고구려의 모치씨, 조선의 허 준씨인데 모치씨는 일본에 교사로 초빙되어 가고 없었다.

철학 전문과는 중국철학과 인도철학 양과로 나누어서 가르치는데, 중국 철학 교사는 고려의 정몽주씨와 조선의 이황씨, 이이씨였다. 인도 철학 교사는 고구려의 순도와 신라의 원효, 고려의 대각선사였다.

문학 전문학교 교장은 조선의 세종대왕이시니 한글을 창제하여 국민의 보통학식을 계발하신 분이다. 한문 교사는 백제의 고흥씨와 신라의 임강수씨, 고려의 이제현씨, 조선의 장유씨였다.

  백제의 왕인씨는 일본에 교사로 건너가고 없었다. 종교학은 단군대황조를 섬기는 신교와 동명성왕을 받드는 선교, 중국의 유교와 인도의 불교가 차례로 홍왕하여 학당이 매우 크고 미려할 뿐만 아니라 교리가 대단한데 그 중에 유교와 불교는 일본으로 파급되었다고 하였다.

  여러 학교들을 두루 돌아보고 즉시 돌아와 인사를 하자, 황제께서

  "네가 관찰한 것을 놓고 볼 때, 그 정도가 어떠하던가?"하고 물으셨다.

  "단군 할아버지의 교화가 융성하고 번창해 가는 가운데 특히 아동교육을 중시하신 듯, 규모가 대단히 큰 소학교를 셀 수 없이 세우셨으나 시간이 없어 일일이 시찰하지는 못했습니다."

  황제께서 말씀하셨다.

"소학교는 국민교육의 근본이다. 국가가 진보해 나갈 수 있는 능력이 전적으로 소학교에 있는데, 그 곳을 시찰하지 못했다니 매우 유감이로다. 그러면 제일 저명한 중학교의 상황은 어떠하던가?"

"중학교는 문성왕 기자께서 교장이신데 홍범학은 하늘과 인간의 지극한 이치에 관한 것이고 팔조교는 법률의 시초였습니다. 그 지극한 이치와 운용의 묘를 잠깐 동안 관람해서는 헤아릴 수 없었습니다. 그 학교에서 가르치는 천문학, 지문학, 윤리학, 역사, 국어, 화학, 물리, 산술, 미술, 음악, 수신 등 각 과목의 교사들은 모두 명석하고 재능이 훌륭할 뿐만 아니라, 정교하고 심오한 학술로 도도하게 강연을 하는 것이 마치 강물이 힘차게 흘러가는 것과 같고 제 때에 내린 비가 대지를 골고루 적시는 것과 같았습니다. 듣는 동안에 저도 모르게 흥이나서 손발이 춤을 추듯 하는 것을 깨닫지 못했습니다. 특히 연개소문의 체조와 검술 교육은 활발할 뿐만 아니라 용맹스럽고 민첩하여 용이 뒤틀고 호랑이가 뛰는 것 같아 보기에 매우 신기하였습니다."

황제께서 말씀하셨다.

"각 과목의 교사들이 모두 적합한 인재들로 채워졌으니 좋은 청년을 양성 해내는 실효가 크게 날 것이다. 그러면 각 대학교의 정도는 어떠하던가?"

무치생이 대답하여 아뢰었다.

"정치학, 법률학, 군사학, 농학, 공학, 의학, 철학, 문학 등 각 전문학과가 모두 특색을 갖추고 독자적인 영역을 확보하고 있었는데, 그 중에서도 가장 훌륭한 것은 군사교육과 공업교육이었습니다. 실로 세계적으로도 특색 있는 교육이나, 단 한 가지 상업교육이 발달되지 못한 것이 유감이었습니다."

황제께서 말씀하셨다.

"그것은 조선 사람이 오랫동안 해상 무역에 관심을 두지 않았기 때문이다. 오늘날 세계는 항해에 힘써 해상권을 점령하고 상업을 확장하는 것이 가장 중요한 문제로 되고 있다. 오늘날처럼 인종이 많아지고 경쟁이 치열한 시대에는 육지 생활만으로는 썩 좋은 재미를 볼 수 없고, 국가의 권리와 이익이라는 입장에서 보아도 넓은 바다를 강토로 삼고 선박을 집처럼 여기지 않으면 활동할 무대가 좁고 막혀서 경쟁에서 승리하기 어렵다. 따라서 오늘날에 웅비하여 활약하고자 하는 국민들의 관심의 초점은 첫째 해상권이며 둘째 육지권이다. 그래서 짐은 조선 민족의 교육을 위하여 해상보통학교를 세우고자 했던 것이다."

무치생이 아뢰었다.

"단군 할아버지께서 학교를 세우신 기초가 저토록 공고하며 규모 또한 저토록 완벽하지만, 그중에서도 군사교육과 공업교육이 제일 훌륭합니다. 그래서 자손들이 대대로 그 복리를 누려오면서 인격을 완성하고 나라를 튼튼하게 하여 4천 년 빛나는 역사가 혁혁하니, 해외의 다른 민족들이 우리의 풍속과 문화의 혜택을 점차 입게 되면서 우리를 경외하고 모범으로 삼았던 것 같습니다. 그런데 어찌된 일이지, 과거 몇 백 년 간에 지도자들의 정책이 온당치 못했던 탓인지, 일반 사람들의 인심이 모두 헛된 영화나 쫓으려하고 실속 없는 학문이 옳은 것으로 숭상되면서, 피상적인 성리학의 지식을 이용해서 명예를 낚으려 하며, 문장의 어휘를 다듬는 사소한 문제로 옥신각신하면서 심성을 파괴시키고 있을 뿐입니다.

정치학, 법률학, 군사학, 농학, 공학, 의학 등 각 전문 과목은 아예 가르치지를 않았기 때문에 그 분야가 전혀 발달하지 못하여 쓸 만한 인재가 없고, 나라는 자립의 능력이 없었기 때문에 마침내 4천 여 년 조국의 역사가 땅 속 깊이 파묻히는 결과만 남게 되었습니다. 지난날에는 우리를 선생으로 부르던 자가 오늘날에는 우리를 노예로 부르고, 지난날에는 우리를 신성한 성인으로 대우하던 자가 오늘날에는 우리를 짐승이나 가축으로 대우하니 하늘이 무너지고 땅이 꺼진다 한들 이 치욕이 어찌 끝날 수 있겠으며 바닷물이 마르고 산이 무너진다 한들 이 원통함이 어찌 다 씻겨질 수 있겠습니까? 이제 어떤 방법을 써야 만이 우리 단군 할아버지께서 세우신 학교들의 설립 취지를 오늘에 되살리고, 나아가서는 4천 년 역사의 광명을 한층 빛나게 하여 이 치욕을 설욕하고 원통함을 달랠 수 있겠습니까?"

황제께서 말씀하셨다.

"그 방법을 어찌 다른 데에서 찾겠는가? 치욕스러운 것을 알고 원통한 것을 아는 것이 곧 그것을 설욕할 수 있는 원동력이 되는 것이니 역사학이 정신교육에서는 꼭 필요한 것이다. 지난 날에는 우리의 문명이 저들의 문명보다 우수했기 때문에 우리를 선생으로 부르고 성현으로 대우했지만, 오늘날에는 저들의 문명이 우리의 문명보다 우수하기 때문에 우리를 노예로 생각하고 짐승처럼 대우하는 것이다. 그러니 오늘이라도 우리의 문명이 진보하여 저들의 문명보다 우수해지면 노예의 호칭이 변하여 선생이 될 것이고 짐승의 대우가 변하여 성현에 대한 대우가 될 것이니, 어찌 치욕을 설욕하고 원통함을 달랠 수 없음을 걱정하겠는가?

따라서 이제 천설학교를 통해서는 일반 청년들의 과감성과 자신력과 모험심을 단련하고, 짐이 경영하려는 해상보통학교와 대륙보통학교를 통해서는 일반 백성들의 단합심과 활동심을 계발하고, 단군이 세우신 4천여 년의 역사를 가진 학교들을 통해서는 치욕을 아는 마음과 원통함을 아는 마음을 불러 일으켜 각 과목의 교육이 고르게 발달되도록 하는 날이면 땅속 깊숙이 파묻힌 조선의 국기가 다시 하늘 높이 나부낄 수 있게 될 것이다."

무치생이 다시 아뢰었다.

"그 옛날 금나라가 역대로 부모의 나라에 대해서 동족의 우의와 친애의 정을 항상 보여 왔음은 두 나라의 역사적인 문헌들에서 역력하게 입증될 수 있습니다. 지금 또 하늘에 계시는 폐하의 영명이 동족의 인민을 간절히 생각하시어 현재 조선 사람들이 당하고 있는 고통을 덜어주시려는 깊은 뜻에서 신령스러운 힘을 통해 지도하고 이끌어 주시니, 그 은혜가 실로 감격스러워 무어라 말씀드려야 할지를 모르겠습니다. 제가 구구하게 소원을 말씀드린다면 폐하께서 이 세상에 다시 나타나시어 혁혁하신 무예로 대지를 누비면서, 소위 20세기에 들어와 멸국멸종하는 것을 공례로 삼는 제국주의를 정복하고 인권평등주의를 실행하시는 것입니다. 그리하여 우리 대동민족이 세계 인권의 평등주의를 실행하는데 있어서 선창자가 되고 맹주가 되어 태평성대의 행복을 세계에 골고루 나누어 줄 수 있게 해주시면 한량없는 은덕이요 더할 나위없는 영광이 되겠습니다."

황제께서 말씀하셨다.

"옛날에 나라들 사이의 경쟁이 그치지 않자 묵자의

비공론이 나왔고, 교황의 압제가 심해지자 마틴 루터의 자유설이 주창되었으며, 군주의 전제가 극심해지자 루소의 민약론이 지지를 받았고, 강대국의 압력이 커지자 조지 워싱턴의 자유주의가 떨친 바 있다. 그러나 이러한 사정이 일변하여 다윈이 강권론을 부르짖은 뒤부터는 소위 제국주의가 세계의 둘도 없는 기치가 되어 멸국멸종을 당연한 공례로 삼아 경쟁을 일삼고 있다.

　이제 그 결과로 생기는 경쟁의 화가 날로 참혹하고 극렬해지고 있은 즉, 진화의 상례로 미루어 보건대 평등주의가 부활할 시기가 멀지 않은 것 같다. 그러니 오늘날은 평등주의와 강권주의가 교체되는 전환기이다. 이 시기를 당하여 가장 극심한 압력을 받고 있는 자는 우리 대동민족이요, 압력에 대한 감정이 가장 극렬한 것도 우리 대동민족이다. 그러니 장래 평등주의의 깃발을 높이 들고 세계를 향하여 호령할 자도 우리 대동민족이 아니고 그 누구이겠는가? 짐이 이 시대에 다시 태어난다 해도 그 목적은 평등주의를 실행하는 것 이상이 되지 못할 것이다. 그런데 평등주의를 이행하는데 있어서는 나 아골타같은 일개인의 능력을 요구하는 것보다 우리 민족 중에서 백 천 만 명의 아골타가 나와서 그 뜻을 주창하는 것이 더욱 필요한 것이다. 그러니 그대는 짐의 이러한 뜻을 일반 청년들에게 전달하여 모두가 다 영웅의 자격을 스스로 갖추고 영웅의 사업을 스스로 떠맡아 평등주의의 선봉이 되어 스스로 강해지면, 짐이 상제께 특별히 청하여 그 목적을 달성할 수 있게 도와주시도록 할 것이니 그대는 이 점을 십분 명심하도록 하라."

무치생이 더욱 감격하여 엎드려 울다가 다시 머리를 들어 아뢰었다.

"폐하께서 상제의 명으로 인간의 선악을 감찰하시고 화복의 상벌권을 행사하시고 계시는데, 지금 우리 나라의 매국노들의 죄목과 애국지사들의 선행에 대해서 이미 결정해 놓으신 바가 있사옵니까?"

황제께서 말씀하셨다.

"그 일이라면 물을 것조차 없는 일이다. 매국노들의 못된 짓과 애국지사들의 훌륭한 행위에 대한 상벌 내용은 이미 상제의 재가를 얻어 놓았다. 매국노들은 아비규환의 지옥에 영원히 빠뜨려 가장 혹심한 극형에 처할

것이고, 애국지사들에게는 영원히 무한한 복락을 누릴
수 있게 하도록 결정해 놓았노라."

이 때 무치생은 하늘의 도와 신의 섭리에 관해서 문
득 확연히 깨닫는 바가 있는지라, 한참을 묵묵히 생각
하다가 이런 생각이 들었다.

'못난 나를 분에 넘치게도 황제께서 부르시어 가르침
을 주신 것은 실로 우리 동포들의 생명의 앞길을 열어
주시고 이끌어 주시고자 하신 것이니 내가 어찌 감히
그 지극한 은혜를 사사로운 것에 그치도록 하겠는가,
지금까지 내리신 수 만 가지의 가르침을 일반 동포들에
게 빨리 선포하는 것이 옳은 일이다.'

이와 같이 생각한 무치생이 물러가겠노라고 엎드려
아뢰니, 황제께서는

"잠깐 기다리라. 짐이 너에게 특별히 줄 것이 있다."
고 하시면서 좌우에 명하여 금색으로 꽃무늬가 수 놓
여진 종이 한 폭을 가져오도록 하였다. 탑전에 올려진
한폭의 종이위에 황제께서 친히 붓을 들어 큼지막하게
여섯 글자를 써서 하사하시니 '태백음양일통' 여섯 자
였다.

무치생이 머리를 조아려 은혜에 감사를 드리고 대궐 문 밖으로 돌아 나오니 때마침 금색 닭이 세 번 울고 바다와 하늘이 맞닿은 곳에서는 해가 떠오르고 있었다.

이처럼 크고 길은 꿈을 꿀 줄이야 누가 미리 알 수 있었겠는가? 이 꿈으로 민족의 장래를 스스로 알게 되었다. 우리 동포 형제들은 이것을 꿈이라고 말할 것인가? 사실이라고 말할 것인가? 꿈이라고 말하기에는 그 내용이 너무나 진실되고, 사실이라고 말하기에는, 그 정경이 너무나 꿈같았다. 꿈속에서도 진실을 구하려고 하면 나의 영명이 천지신명과 더불어 감응하여 일치하게 된다는 점을 가히 깨달아 알았다. 이로써 볼 때 이 세상의 모든 일은 오로지 마음먹기에 달린 것이며, 마음이 만드는 것이라는 말이 옳은 것이다.

인간의 마음이라는 것은 참으로 위대한 것이로구나! 진지한 마음을 가지면 감응하여 이루지 못할 것이 없음이라. 아! 우리 동포 형제들이여!

박은식의 생애

　박은식 선생은 우리 나라가 강대국의 침략정책에 휘말리기 시작할 조짐을 보이던 19세기 중엽, 1859년에 황해도 황주군에서 태어났다. 그리고 식민지시대의 질곡 속에 있던 1925년, 중국 상해(上海)에서 서거하였다.

　박은식 선생의 생애는 크게 3기로 나누어 볼 수 있다.

　제 1기는 1859년부터 1897년(39세)까지로서 주자학 연찬기로서의 특징을 가지고 있고, 제 2기는 1989년(40세)부터 1910(52세)까지로서 학회, 학교, 언론 등을 통한 교육활동기로서의 특징을 가지고 있으며, 제 3기는 만주로 망명했던 1911년부터 1925년(67세)까지로서 망명지에서의 독립운동기로서의 특징을 가지고 있다.

이에 따라 박은식 선생은 보는 이의 시각에 따라 주자학자, 독립 운동가, 교육 사상가, 애국 계몽 운동가, 역사학자 등으로 평가되기도 한다. 박은식 선생은 원래 대학자로서 주자학에 정통하여 30대에 이미 유학자로서의 명성을 날리고 있었으나 주자학이 시의(時宜)에 적합지 않다는 이유 등으로 40세가 넘은 나이에 자기의 철학적 입장에 일대 전환을 시도한 용기 있는 학자였다. 그의 혁신적인 사고를 대변하는 내용의 "유교구신론(儒教求新論)"은 당시로서는 세상을 놀라게 하는 것이었고, 주자학에 대한 파격적인 그의 비판은 종교 개혁의 도화선이 된 마틴 루터의 95개조 반박문에 비유될 정도였다. 그러나 마틴 루터가 지나치게 교조(教條)화된 신앙과 그것으로부터 연유된 교회의 폐해 등을 통박했지만 결코 자기 신앙의 근본 종지(宗旨)는 부정하지 않았던 것처럼 박은식 선생 역시 유학의 약점과 폐해, 그리고 교조성 등을 신랄하게 비판했으나 유학의 기본적인 학문적 종지는 살려야 할 것임을 역설하였다. 그리고 그 방법으로서 간단명료하면서도 절실하며 정곡을 찌르는 데가 있다고 생각한 양명학(陽明學)을 강력히 권장하였다.

격변하는 시대에 청년들이 필수적으로 공부해야 할 철학으로서 박은식 선생이 권장한 양명학은 물론 공(孔)·맹(孟) 사상을 근거로 하고 있기 때문에 유학의 범주에 들어가는 것이다. 그러나 주자학의 입장에서 볼 때는 이단(異端)으로서 조선조 같았으면 박은식 선생은 사문난적(斯文亂賊 : 교리에 어긋나는 언동으로 유교를 어지럽히는 사람)으로서 사약(賜藥)을 받아야 마땅했을 것이다.

40세 전의 박은식 선생은 그 자신의 표현대로 "이 우주 안에 올바른 학문은 오직 주자학 한 가지 뿐이라고 인식"하였던 정통파 주자학자 였으나 40세 이후에 접하게 된 동서사상과 각종 학설의 영향으로 사상적인 동요와 전환이 일어나게 되었다. 따라서 자기 사상의 전부였던 주자학에 대해 비판적으로 보기 시작했고, 자기가 처한 위치와 시대의 위기를 감지하면서 그 상황에서 자신이 해야 할 일이 무엇인가를 직시하기 시작하였다. 이와 같이 박은식 선생의 생애는 40세를 전후하여 그 성격이 완전히 달라진다.

40세가 되던 1898년 박은식 선생은 장지연과 함께 황성신문의 주필에 취임하였고, 독립협회 만민공동회의 문교부문 간부로 활동하였다. 그리고 1900년에는 성균관 경학원의 강사가 되었고 한성사범학교에서 교사로서 학생들을 가르쳤다.

　1904년에는 이미 2~3년 전에 저술하였으나 자금이 없어 출간하지 못했던 〈학규신론〉을 일본인 가토오 사다오의 도움으로 박문사에서 출간하였다. 〈학규신론〉은 교육에 관한 저서로서는 우리 나라 최초의 것으로서 그 의의가 대단히 큰 것이다.

　1905년에는 을사조약이 체결되었고, 이에 박은식 선생은 장지연이 쓴 "시일야방성대곡"으로 황성신문이 탄압을 받게 되자, 영국인 배설이 발행하는 신문으로서 일본의 탄압이 미치지 않는 대한매일신보로 옮겨 주필이 되었다. 여기에서도 선생은 민족정신을 환기하고 국민사상을 고취하는 많은 글을 발표하였다.

　1906년 신석하, 김달하, 김병희, 김명준씨 등과 함께 우리나라 최초의 학회인 서우학회를 조직하고 학회지 서우의 주필로 취임하여 교육에 관계된 번역문과 논설,

그리고 인물고와 우리의 고대사 등을 계속하여 게재하였다. 이어 1908년에는 서우학회와 한북홍학회가 통합되어 서북학회가 창설되자 박은식 선생은 초대회장이 되었다. 또한 학회지 서북학회월보의 주필로서 거의 매월 나오는 월보에 우리 역사상 귀감이 될 만한 분들의 인물고 수십 편과 교육과 계몽을 위한 수많은 논설들을 발표하였다. 이중 1909년 3월 서북학회월보에 실린 "유교구신론"은 주자학에 대한 혁명적 논설로서 많은 논쟁을 불러일으킨 바 있다.

생존 경쟁의 장에서 국가나 민족이 살아남기 위해서는 교육을 통하여 인재를 양성하는 것이 가장 중요하다고 보았던 박은식 선생은 글을 통하여 자기 사상을 피력함으로써 얻게 되는 교육의 효과 이외에도 자기 자신이 직접 교육일선에 나아가 활동하였다. 서북협성학교와 오성학교를 설립하여 교장으로서 활동하였으며 또 학회 산하에 사범학교를 세워 교사 양성에도 주력하였다. 특히 서북협성학교는 각지에 협성학교가 다투어 생기게 하는 계기가 되기도 하였다.

1910년 박은식 선생은 40세 이후 관심을 가져오던 양명학을 깊이 연구하여 왕양명실기를 저술하였다. 최남선이 소년지에 이 내용을 완전게재 하였으나 불온서적이라하여 압수되고, 이로 말미암아 소년도 폐간 되었다. 이와 같이 1900년대 조선의 상황은 박은식 선생과 같은 뜻있는 인사들이 주동이 되어 학회를 설립하고 민지(民智)를 계발하기 위한 많은 글과 저서를 발표하고 전국 각지에 3천여 개의 학교를 다투어 설립하는 등 발전과 변전의 기틀이 잡혀가고 있었다. 그러나 뇌성벽력과 같은 1910년의 한일합방으로 인하여 만물이 부서지고 일그러지는 것과 같이 수많은 학교와 학회, 학회지 등은 쇠퇴하여 깨끗이 없어지고 말았다. 박은식 선생은 이 사실을 그의 저서 한국통사(韓國痛史 : 조국의 주권을 상실한 슬픈 역사를 적은 한국 최근세 정치사)와 한국독립운동지혈사(韓國獨立運動之血史 : 항일 독립운동에 관한 역사서)에 비교적 상세히 기록하였다.

교육과 계몽을 위한 10여 년의 노력이 수포로 돌아가고, 이어 부인 이 씨마저 병사하자, 1911년 5월 박은식 선생은 만주로 망명하여 서간도 환인현에 있는 지사 윤세복의 집에서 한동안 기거하게 되었다. 윤세복은 그의 형 윤세용과 함께 서간도 지방에 학교를 세우고 교포들을 교육한 항일독립운동가이다. 그리고 1923년 대종교 2세 교주 김헌의 유언에 의하여 대종교 3세 교주가 된 인물이기도 하다. 이 시기에 박은식 선생은 자기가 조국과 민족을 위해 할 수 있는 일은 오직 글을 통하여 후세들을 고무하고 격려하여 가르치는 길밖에 없음을 깨닫고 잠시도 붓을 쉬지 않고 저술에 몰두하였다. 헤아려 보건대 1년 정도의 이 기간 중에 박은식 선생은 몽배 금태조(夢拜金太祖)를 비롯하여 동명성왕실기(東明聖王 實記), 발해 태조건국지(渤海 太祖建國誌), 명림답부전(明臨答夫傳), 대동고대사론(大東古代史論), 천개소문전(泉蓋蘇文傳) 등 엄청난 분량의 내용을 집필하였다. 그리고 이 저술들은 내용상 모두 동포들로 하여금 역사 의식과 민족의식을 갖도록 하기 위한 우리 나라의 역사나 뛰어난 인물 등에 관한 것이었다. 실로 박은식 선생의 문장력은 중국의 강유위의 말대로 "필법이 사기의 저자 사마천의 정수를 체득하였다."고 할 만하였다. 강유위는 박은식 선생의 저서 한국통사(韓國痛史)의 서문을 쓴 바 있고, 상해에서 발간되던 국시일보의 주간으로 박은식 선생을 초빙한 바 있을 정도로 선생을 존경하였다.

1911년 8월 중국의 지사들을 역방하여 우리 나라의 독립운동에 관한 협력을 구할 계획을 세우고, 1912년 3월부터 봉천, 북경, 천진, 상해, 남경, 홍콩 등지를 순력하면 우리의 망명 인사와 중국인 지사를 만나 독립운동의 방법을 숙의하는 등 박은식 선생은 이 때부터 1925년 67세를 일기로 타계할 때까지 오직 조국의 독립을 위해서 헌신하였다.

조국의 독립을 위해서는 역시 자라나는 후세들에게 투철한 민족의식을 가질 수 있게 하는 교육이 가장 중요하다는 신념을 가지고 있던 박은식 선생은 역사의식과 민족정신을 고취할 수 있는 많은 역사책을 집필하였고 학원을 세워 교민 청년들을 교육하였으며 곳곳에서 그들을 대상으로 계몽 연설을 하였다. 이 시기의 박은식 선생에게는 이 모든 것이 독립운동의 일환이었다. 유명한 한국통사와 한국독립운동지혈사도 바로 이 시기 망명지에서 출간된 책으로서 박은식 선생은 국가와 민족의 혼이 이러한 역사책에 보존되어 있다고 보아 교재로서 청년 자제들에게 읽혀져야 한다고 생각하였다. 또한 박은식 선생은 박달학원을 세워 교민 교육에 앞장섰으며, 발해사(渤海史), 금사(金史), 대동민족사(大同民族史), 이준(李儁)전 등 우리나라 고대 역사에 관한 책과 위인전을 저술하고 한인촌을 다니면서 한국역사를 강연하는 등 동포들을 대상으로 민족사상을 고취하였다. 이밖에도 박은식 선생은 동제사, 신한혁명단, 대동전국단, 노인단, 대동단과 같은 많은 단체에 참가하여 조국의 자주와 독립을 위해 심혈을 기울이고 향강, 신한청년, 한족공보, 사민보 등 여러 잡지와 신문의 주필로서 활약하는 등 노구를 이끌고 능력이 다할 때 까지 나라와 민족을 위하여 봉사하였다.

　박은식 선생은 1921년 상해의 독립신문 주필에 취임하여 1924년 독립신문사 사장으로 위임된 이후, 같은 해 대한민국 임시정부 국무총리에 취임하고 대통령 대리를 겸직하다가 1925년 3월에 임시정부의 제 2대 대통령으로 선임되었다. 이 때 선생은 임시정부를 중심으로 독립운동자들을 결속시키기 위하여 헌법을 개정해서 대통령책임제를 내각책임제로 바꾸고, 개정된 헌법에 따라 새로운 국무의원을 선임한 뒤, 신병의 악화를 이유로 국정에서 스스로 물러났다.

이러한 와중에서도 선생은 학문하는 사람으로서의 자세를 끝까지 버리지 않았다. 임종을 몇 달 앞둔 1925년 3월 16일 새벽, 사상을 바꿈으로 인하여 오랫동안 갈등을 겪었던 선생은 주자학과 양명학의 '격물치지'개념에 대한 인식의 차이를 대오자득하여 그 기쁨을 "학의 진리는 의로 쫓아 구하라."는 제목 하에 동아일보(1925년 4월6일字)에 발포하였다. 이글을 어디서 무엇을 하였건 선생은 역시 학자였음을 보여주는 글이라고 할 수 있다.

자신을 위해서 살기 보다는 남을 위해서 살았고 자기 가정을 위해서 살기 보다는 조국과 민족을 위해서 살았던 선생은 1925년 11월 1일 오후 7시 30분 소원이던 건국사도 쓰지 못하고 영면하였다.

1925년 11월 4일 임시정부에서는 처음으로 박은식 선생의 장례를 국장으로 치루고 상해 정안사로 공동 묘지에 안장하였다. 이 때 독립신문, 중화보 상해화보 등에서 선생의 죽음을 대대적으로 보도하며 애도해마지 않았다. 국내에서는 동아 일보에서 "곡백암박부자"라는 사설을 실었고, 이상재, 최남선, 김성수, 유진태, 권동진, 신석우씨 등이 "고 박은식씨 추도발기회"를 만들었다. 그리고 임시정부측에서는 11월 백암집을 편찬하기로 발기하고 최창식씨가 그 실무를 맡았으나 임시 정부의 잦은 이동 등으로 간행에 이르지 못하였다. 해방 이후에도 춘원 이광수씨가 편찬에 착수하였으나 김창숙씨 등이 거룩하신 분의 문집을 친일했던 사람의 손에 맡길 수 없다고 하여 자료를 회수하는 바람에 역시 출간을 보지 못하였다. 그러던 중, 6.25 전쟁 통에 선생의 많은 저작이 유실되고 말았다. 그러나 결국 우여곡절 끝에 선생이 돌아가신지 50년만인 1975년에야 많은 저술이 누락된 상태로 박은식 전서 상, 중, 하 3권이 단국대학교 동양학연구소에서 출간되었으며, 서거 68년 만인 1993년 8월 신규식 노백린 안태국 김인전 선생 등과 함께 유해가 고국으로 봉환, 국립묘지에 안장되어 조국의 앞날을 지켜보고 있다.

夢拜 金太祖

원문

夢拜金太祖

序

　宇宙가 廣邈하고 萬象이 森羅하니 大化가 流行에 以
氣相吹라 其性能이 最靈하고 動力이 最大한 者는 命之
曰人이오.

　人類社會에 處하야 地位가 最高하고 勢力이 最大한
者는 兩個大家가 有하니 曰讀宗敎家와 政治家오. 此兩
家地位에 處하야 遞相宣戰하며 遞相取勝하야 世界를
指揮하고 權利를 主持하는 者는 又兩個巨物이 有하니
一曰 强權專制者오 一曰 自由平等者라.

　宗敎家로 論하면 波羅門敎의 專制權을 對하야 釋迦
牟尼가 平等主義로써 戰하고 羅馬敎皇의 專制力을 對

하야 馬丁路得이 自由主義로써 戰하얏으며 政治家로
論하면 政府의 壓制를 對하야 盧梭의 民約論이 倡하고
强國의 壓制를 對하야 華盛頓의 自由鍾이 鳴하얏스니
其天地를 闓闢하고 萬類를 制伏하는 것이 果然 何等力
量인가 然하나 右兩個巨物의 戰爭史를 觀하건데 最初
의 先鋒旗幟를 揭하고 宣戰의 意를 發佈하는 者는 拔山
扛鼎의 腕力이 有한 者가 아니오. 乃其身體는 衣를 勝
치 못하며 言辭는 口에 出치 못하는 人이 雪窓簧燈下
에서 三寸禿筆을 弄하는 者의 手로 以함은 何故인가.
此는 人의 思想力이 恒常手腕力의 先驅가 되는 所以다
無恥生은 吾黨의 長老라. 生來에 蒲柳孱質로 病與爲友
하고 江湖冷踪으로 窮不離身이라. 況又望六頹齡에 頭
가 童하고 齒가 豁하니 宜乎桑蓬의 宿志가 已倦하고 蒲
團의 穩寢을 是要할지나 乃其腦中에 耿耿不已者는 恒
常社會風潮를 對하야 反抗하고 挑戰할 思想이라.

十餘年來에 日日로 衰腕을 揮하고 禿筆을 擧하야 學
術界의 頑固守舊者와 戰하며 政治界의 橫暴不法者와 戰
하야 分毫의 功果를 不就하고 社會의 容接을 不得이라.

於是에 白首가 飄然하야 天涯殊域에 漂泊棲屑하니

宜乎悔恨의 意가 有할지나 乃其思想이 一層進步하야 現二十世紀의 大活劇大慘劇한 帝國主義를 對하야 人權平等의 理想을 吐하니 豈不異哉아.

盖現世所謂帝國主義者는 達爾文이 强權論을 唱한 以後로 全世界가 風靡雷同하야 優勝劣敗를 天演이라 謂하며 弱肉强食을 公例라 謂하야 人의 國을 滅하며 種을 滅함으로써 政治家의 良策으로 許하는 者라. 其大勢所趨를 誰能禦之며 其强力所加를 誰能抗之리오.

乃先生이 眇然一身으로 其衝을 當하야 其戰을 挑코져하니 誰가 狂者愚者로써 嘲笑치 아니하리오. 然하나 先生의 一段自信處는 有하니 盖其身이 新舊交換時代에 處하야 閱歷의 實驗이 有한 故로 天地運化의 變遷을 推測한 바 有하고 其學이 儒佛仙三教界에 出入하야 硏究의 所得이 有한 故로 惟心의 能力을 確信한 바 有함이라.

然하나 其所力持하는 平等主義로써 現世界에 覇權을 獨占한 强權主義者와 挑戰코져 함이 其精神所注가 何處不到리오. 昔에 王陽明先生이 石槨三年에 良知의 天啓를 得하얏스니 夢拜金太祖一錄이 또한 엇지 神啓가

아니라 謂하리오. 覽者는 諒會할바오 惟我靑年諸君은
各其旗를 持하고 鼓를 鳴하야 先生의 指揮를 從하야 人
權平等의 凱歌를 唱하기로 惓惓希望하노라.

太皇祖降世四千三百六十八年 十一月 日

尹世復 書

夢拜 金太祖

白庵 朴箕貞 著

檀崖 尹世復 閱

檀君大皇祖降世四千三百六十八年 夏五月에 無耻生이 同社의 朋友를 辭하며 膝下의 子女를 抛하고 茫茫天地에 一片浮雲이 無係無着으로 鴨綠一帶를 飄然直渡하니 卽遼瀋大陸의 興京南界라. 婆猪江을 溯하야 恒道川에 到着하니 山中開野하고 野中有川하야 別一洞天이라.

年來에 我同胞가 此에 移住함이 漸殖함으로 同志諸賢이 從以就居하야 學塾을 開設하고 子弟를 敎育하니 文明風潮가 若是波及함은 實로 慰洽할바오 我同胞의 前途를 爲하야 深切히 祝賀할바 有하도다.

盖此地는 我의 祖先故土라. 今其輿圖의 全部를 按하야 古代의 遺蹟을 訪한즉 白頭山은 檀君大皇祖의 發祥하신 地오 自玄菟而北하야 千餘里에 古夫餘國今開原縣은 檀祖後裔의 基址오 自遼東而西하야 二千里에 永平府는 箕氏朝鮮의 境界오 西으로 金州海岸을 界하며 東으로 黑龍江을 沿하며 北으로 開原縣에 至하야는 皆 高句麗와 渤海의 疆域이라.

我祖先時代에 如此히 廣大한 基址를 開拓하시던 情況을 追想한건대 嚴寒酷熱과 戰하며 疾風暴雨와 戰하며 毒虫猛獸와 戰하며 四隣의 强敵과 戰하야 幾千萬身의 汗을 揮하며 幾千萬腔의 血을 濺하야 子孫의 産業을 授與하시지 아니하얏는가. 奈何로 子孫된 者는 祖先의 汗과 祖先의 血을 繼續지 못하고 千餘年來에 祖先의 基業을 烏有物에 付하얏는가.

江左一隅의 小朝廷의 規模로 偏安을 苟圖하며 姑息을 習熟하야 千有餘年에 일즉 祖先舊疆을 向하야 一撮의 土를 拾取코져한 者ㅣ 未有하얏스니 此로써 觀하면 千年以下에 我民族은 皆祖先의 罪人이오 我歷史는 他國의 奴籍이라. 乃其祖先의 罪人된 것은 反省치 아니

하고 自稱하야 曰禮義之邦이라 하며 他國의 奴隸된 것
은 羞愧치 아니하고 自名하야 曰小中華라 하니 所謂禮
義之邦은 祖先의 功德을 紀念치 아니하는 者의 美名이
며 所謂小中華는 他國의 奴隸을 自甘하는 者의 徽號인
가. 惟其由來의 原因이 如此한 故로 畢竟今日現狀의
結果가 有하얏도다.

　此는 歷史의 感念으로 古今을 俯仰하야 或蒼山落日
에 彷徨躑躅하며 或旅館寒燈에 悲憤吁歎하다가 因하
야 歷史의 聯想으로 地理上研究에 及하니 盖地理는 人
物界에 關係되는 影響이 有한 故로 曰深山大澤에 必生
龍蛇라. 此滿洲山川은 從古以來에 英雄豪傑이 出産하
는 淵藪라. 大略言之하면 卒本과 丸都는 高句麗의 東
明聖王과 大武神王과 廣開土王의 發祥地오 白山東部
는 渤海의 高王과 武王과 宣王의 發祥地오 盛京과 會寧
과 興京은 遼太祖와 金太祖와 淸太祖의 發祥地이며 石
勒과 高歡과 泉蓋蘇文과 梁萬春과 完顔宗幹과 耶律楚
材 諸人이 皆此土의 産이라.

　天이 英雄豪傑의 種으로 하야곰 此土에 多植하야 四
方의 各族을 鞭笞하고 宇內의 特權을 享有케 함은 何故

인가. 此는 吾人이 地理에 對하야 研究할바 有하도다.

盖白頭山이 大荒을 蟠據하야 其高가 數百里오 其橫亘이 數千里라 其上에 大澤이 有하야 周가 八十里라. 西으로 流하야 鴨綠江이 되고 北으로 流하야 混同江이 되니 鴨綠은 千里長流로 西海에 入하고 混同은 六千里 長流로 東海에 入하니라. 山이 南北二宗을 分하야 南宗은 朝鮮八道가 되고 北宗은 滿洲三省이 되니 大幹長支가 橫亘하고 分劈하야 滿洲大陸을 造成함애 北은 千里大陂의 興開湖가 有하고 西는 七百里平蕪의 遼東大野가 有하고 其他三江五河는 山勢를 環擁하야 地脉을 渟滀하고 無數한 長谷과 無數한 曠野는 風雲을 吐納하야 靈氣를 含蓄하얏스니 其雄深博大하고 蜿蜒磅礴의 氣가 人物을 産出함이 特別히 出類拔萃의 人은 勇健雄偉한 氣概와 恢弘澗達한 器量으로 宇內에 雄飛할 思想과 四海를 呑吐할 經綸이 有할바로다. 此는 靑年諸君이 地理의 研究로 其志氣를 培養하고 其心胸을 開拓할바오.

又地理의 聯想으로 以하야 民族性質을 研究하건데 盖通古斯種은 世界歷史에 特別히 優等民族으로 著名

한 者이라. 其原因이 維何오. 盖其地가 高原에 處하야 風氣가 寒冷한 故로 其民이 天時와 戰하야 忍耐性이 富하고 其生活은 溫帶熱帶와 如히 物産이 豊富치 못한즉 牧畜과 射獵이 아니면 資生을 不能할지라. 牧畜을 業하는 故로 其民이 水草를 逐하야 遷徙가 不常하니 活動力이 多하고 射獵을 業하는 故로 其民이 馳騁射擊을 習하야 武事의 天才가 有하고 衣食의 原料가 豊足치 못한 故로 其民이 怠惰遊閒의 風이 無하고 勤勉力作의 性이 足하니 此其民族이 世界上優等地位를 占한바라.

但其缺點이 되는 바는 山勢가 高峻하야 外來의 風氣를 遮障한 故로 排外性은 長하되 開通力은 短하며 衣食에 奔走한 故로 勤儉性은 有餘하되 文學의 工은 不足하니 此는 現時代에 至하야 文明發達이 他族에 不及한바라. 盖此에 長한 者는 반다시 彼에 短하나니 所以로 天下에 完全한 福利는 未有하니라.

嗚呼라. 我朝鮮族과 滿洲族은 均是 檀君大皇祖의 子孫으로 古昔時代에는 南北을 割據하야 互相競爭도 有하고 互相交通도 有하다가 畢竟은 統一이되지 못하고 分離가 되야 豆滿과 鴨綠이 天劃의 界限을 成하야 兩

地人民이 敢히 此에 逾越치 못하고 此에 錯居치 못한지 千有餘年이라. 於是에 風俗이 不同하고 言語가 不通하야 漠然相視홈이 便是殊方異族이라. 加하야 鎖國時代에 齷齪한 政策으로 法禁이 嚴密하야 或越境渡江者가 有하면 誅戮을 輒行하는데 貪汚의 官吏가 人民의 財産을 掠奪하기 爲하야 潛商이라 犯越이라 하는 罪名으로 無辜한 人民의 血을 江岸에 流케 홈이 又三百餘年이라.

是는 無恥生이 渡江하는 日에 曾往四十餘年前 我同胞의 冤死者를 爲하야 悲淚를 一灑한 바로다.

天運이 循環하고 世事가 變遷됨이 朝家의 解禁을 不待하고 自然我同胞의 自由로 渡江移住하는 者가 歲加月增하야 西北間島와 長白部와 海龍府 等地에 我同胞의 村落이 無處不有하니 將來에 如何한 好結果가 有할넌지 預言키 難하거니와 其開通의 影響을 觀察한건대 實로 偶然함이 아니로다.

於是에 歷史와 地理와 民族의 觀念으로 輾轉思惟하되 如何한 方法으로 我祖先時代의 榮譽를 回復할가. 如何한 方法으로 玆絶勝江山에 無數한 英雄兒를 喚出

할가. 如何한 方法으로 其民族性質에 對하야 長處를 利用하고 短處를 改良하야 文明程度에 引進할가.

此로 以하야 起居食息間에 念根이 不斷하야 沉吟度日이 五六個月을 經過하얏스되 終是好個方法을 透得지 못한지라. 管子ㅣ 曰思之思之에 鬼神이 通之라 하니 余의 沉思默念한 結果로 或神明의 指導를 得함이 有할가 하얏더니 居然秋序가 已過하고 冬候가 奄至하니 陰曆十月三日은 我檀君大皇祖의 降世紀念日이라. 一般同志와 學生諸君으로 더부러 紀念式을 行하고 客榻에 輾轉하야 大倧敎의 神理를 靜念하다가 是夕에 榻榻然히 莊生의 蝴蝶을 化하야 風을 御하고 雲을 乘하야 白頭山最高頂에 陟하야 大澤畔에 至하니 天海가 相連하야 灝氣滉瀁하고 星月이 交輝하야 異彩玲瓏한 中에 嵬峩焜煌한 一殿閣이 雲霄에 聳出하니 額曰開天弘聖帝殿이라. 此를 仰瞻하고 默念하야 曰往昔大金明昌年中에 白頭山神을 崇封하야 曰開天弘聖帝라하고 廟를 建하얏더니 此殿閣이 是로다.

盖大金國太祖皇帝는 我平州人 金俊氏의 九世孫이오 其發祥地는 今咸鏡北道會寧郡이오 其民族歷史로 言하

면 女眞族은 渤海族의 變稱者오 渤海族은 馬韓族의 移住者ㅣ 多한지라. 金國歷史로 言하면 豆滿江邊一小部落으로 崛起하야 一擧에 遼를 滅하고 再擧에 北宋을 取하야 支那天地에 主權을 掌握하얏스니 均是吾土의 産이오 吾族의 人으로 特別히 天帝의 愛子가 되야 無等한 福祿을 膺受하고 無上한 光榮을 發表함은 實로 檀君大皇祖의 餘蔭과 白頭山의 靈佑로 以함이라 謂할지어늘 今日 吾儕는 區區한 小朝鮮의 山河도 保全치 못하고 他族의 凌踏과 驅逐을 被하야 流離漂泊으로 天地間에 寄托할 바를 知치 못하니 上下八百年間에 民族程度의 墜落함이 엇지 此極에 至하뇨.

蒼天蒼天아. 我獨何事오 하고 巖石上에 危坐하야 喟然長歎하고 潸然泣下하야 歸意을 不省하얏더니 忽然 雲靄中에 珮玉이 鏘鏘하고 羽服이 翩翩하야 一位仙官이 來呼하야 曰大金太祖皇帝께서 召命이 有하시다 하거늘 無恥生이 크게 驚悚하야 所喩를 不知라.

乃仙官을 隨하야 開天弘聖帝殿 東偏으로 趨進하야 又一殿閣을 仰瞻하니 琪花瑤草는 玉墀를 點綴하고 天球赤刀는 寶辰를 輝映하는데 恒恒熊虎의 士와 濟濟惟

惺의 臣이 左右에 列侍하야 威儀가 淸肅이라. 於是에
龍顔이 穆穆하야 玉音을 特宣하니 若曰朕이 昔者에 上
帝의 命을 膺하야 人間의 不道를 征伐하고 億兆生靈을
救濟하얏더니 又此天國에 升함으로부터 上帝의 命으
로 衆生의 善惡을 鑒察하야 禍福의 柄을 司하는 지라
上天은 至公無私하사 善을 福하고 淫을 禍흠이 錙銖의
差忒이 無하거늘 我者에 爾가 天을 呼하야 悲歎哀籲의
聲을 發하니 何等抱寃이 有한가. 爾는 悉陳無隱하라.

　無恥生이 惶恐拜伏하고 稽首而奏하야 曰天道의 福
善禍淫은 臣의 愚昧로도 確信不疑하는 바로소이다. 雖
然이나 天下의 善은 國을 忠하고 族을 愛하는 者에서
孰大하며 天下의 惡은 國을 賣하고 族을 禍하는 者에서
孰大하리오. 今乃臣의 所覩로 以하건데 國을 忠하고
族을 愛하는 者는 皆血을 刀鎗에 膏하고 骨을 原野에
暴하야 非常한 慘禍를 被하고 國을 賣하고 族을 禍하는
者는 皆黃金을 橫帶하고 朱綬가 若若하야 非常한 福樂
을 享하니 此는 天下耳目에 極히 彰著한 者로데 其禍福
의 報施흠이 若是히 大差가 有하거든 況其善惡이 彰著
치 못한 者는 其禍福의 報施如何를 孰知하리오. 此는

臣이 天道를 對하야 實로 訝惑의 念과 怨籲의 情이 無키 不能한 바로소이다.

帝ㅣ 此를 聽하시고 大笑하야 曰爾가 平日에 聖哲의 敎訓을 佩服하고 天下의 義理를 講究한 者로서 天理와 人慾을 對하야 大小를 分別치 못하며 肉體와 靈魂을 對하야 輕重을 審擇지 못하는가.

盖天理와 人慾의 大小를 言하면 天理는 人의 性命上에 就하야 高尙하고 淸潔한 者ㅣ요, 人慾은 人의 口腹上에 就하야 卑下하고 汚穢한 者ㅣ라. 今에 人을 命하야 曰爾가 高尙한 地位에 處코져 하는가 卑下한 地位에 處코져 하는가 하면 반다시 高尙한 地位를 取할지며, 爾가 淸潔한 物品을 愛好하는가 汚穢한 物品을 愛好하는가 하면 반다시 淸潔한 物品을 要할지라. 人이 能히 國을 忠하고 族을 愛하면 是는 天理의 高尙淸潔한 者를 取하야 神聖한 資格으로 令名이 無窮하야 萬世의 崇拜를 受할지니 是何等大幸이며 若其國을 賣하고 族을 禍하면 是는 人慾의 卑下汚穢한 者를 取하야 狗彘의 不若으로 醜辱이 無限하야 萬世의 唾罵를 飽할지니 是何等不幸인가. 肉體와 靈魂의 輕重으로 言하면 人이 父

母의 精血을 受하야 肉體가 되고 造化의 虛靈을 受하야 靈魂이 된지라. 肉體의 生活은 暫時오 靈魂의 存在는 永久라. 人이 能히 國을 忠하고 族을 愛하는 者면 其肉體의 苦楚는 暫時오 其靈魂의 快樂은 無窮할지며 若其國을 賣하고 族을 禍하는 者면 其肉體의 快樂은 暫時오 靈魂의 苦楚는 無窮할지니 엇지 天道의 報施로써 差忒이 有하다 謂하리오.

無恥生이 曰然則 天道의 福善禍淫은 다만 理를 據하야 言홈이 아니오 事實로 確證이 有하닛가.

帝曰 物이 有한 後에 則이 有한 것이니 事와 理가 本是一物이라 其事가 無하면 엇지 其理가 有하리오. 但死生의 界가 幽深玄渺하야 人의 精神力으로 察識지 못할 바 有하고 物의 器械力으로 測量치 못할 바 有하니라.

無恥生이 曰然則 上帝께서 善者은 靈魂의 快樂을 予하시고 惡者는 靈魂의 苦楚를 予하시는 事實을 可히 得聞하올잇가.

帝曰 天道至公하니 可히 私를 容치 못할것이오 神道至明하니 可히 欺를 行치 못할지라 一切人衆의 善惡을 皆冥司에서 赤黑二簿로 記錄한바 有하야 赤籍의 善者

는 快樂으로써 予하고 黑籍의 惡者는 苦楚로써 予하는 니라.

無恥生이 曰其快樂과 苦楚를 予하는 實況을 또한 可히 得聞하올 잇가.

帝曰 赤籍의 善者는 其等第를 隨하야 或其名字를 天籙에 列書하 上淸眞人의 地位를 得하는 者도 有하고 或人世에 輪生하야 賢智福祿의 人이 되는 者도 有한 것이오 黑籍의 惡者도 其等第를 隨하야 或阿鼻地獄에 永久沉淪하야 剉燒舂磨의 刑을 被하는 者도 有하고 或人世에 輪生하야 虫獸賤惡의 物이되는 者도 有하니라.

無恥生이 曰天堂地獄의 說은 人皆習聞이나 一切人衆이 皆現在의 榮辱만 知하고 將來의 榮辱은 不知하며 肉體의 苦樂만 知하고 靈魂의 苦樂은 不知하는 故로 爲善者ㅣ 少하고 爲惡者ㅣ 多한지라.

上帝의 萬能으로써 善者로 하야곰 現在의 榮이 有하고 惡者로 하야곰 現在의 辱이 有케 하며 善者로 하야곰 肉體의 樂이 有하며 惡者로 하야곰 肉體의 苦가 有케 하면 一切人衆이 皆善을 取하고 惡을 棄할지니 其功化됨이 더욱 神妙치 아니하닛가.

帝曰 此는 爾의 所見이 大誤한 바 有하도다. 天道와 神理는 眞誠而己라. 故로 人의 立心行事가 眞誠에 出하여야 天의 佑와 神의 助가 有하나니 眞誠으로 善을 行하는 者는 榮辱禍福의 關念이 無할지라. 若其榮辱禍福의 關念으로 善을 行하면 是는 僞善이라. 天이 此를 厭하시고 神이 此를 惡하나니 엇지 榮과 福을 與함이 有하리오.

且爾가 所謂榮辱과 所謂禍福에 對하야 크게 誤解한 바 有하도다.

試思하라. 一身의 榮辱禍福과 國民의 榮辱禍福으로 論하면 孰大孰小며 孰重孰輕가. 是故로 仁人志士는 一身의 汚辱을 蒙하야 國民의 榮華를 予하며 一身의 苦楚를 取하야 國民의 福樂을 施하나니 其國家를 奉하야 泰山에 措코져 하는 者면 自身을 鴻毛의 輕과 等視할지며 其民衆을 導하야 天堂에 躋코져하는 者면 自己는 地獄의 苦를 代受할 지니라. 朕은 忠國愛族하는 義士의 血과 骨로써 無上한 寶品으로 認定하거늘 爾는 此를 禍物이라 謂하는가.

朕은 賣國禍族하는 奴輩의 金과 爵으로써 極醜한 糞

穢로 認定하거늘 爾는 此로써 榮幸이라 謂하는가. 試
觀하라. 地球上에 其國이 文明富强하고 其民이 愉快安
樂한 者는 皆仁人志士의 血과 骨로 造成한 者ㅣ 아닌
가. 爾가 此에 對하야 十分看透치 못하고 다만 天을 呼
하야 不平을 訴하니 是는 兒童의 見이오 또한 人의 思
想을 引導함에 關하야 크게 害를 貽할 바 有하도다.

無恥生이 於是에 惶懍을 不勝하야 汗出沾背라. 更
히 所云을 不知하더니 帝ㅣ 特別히 溫和하신 諭旨를 宣
하야 曰爾는 朝鮮遺民이 아닌가. 朝鮮은 朕의 父母之
邦이오 其民族은 朕의 同族이라. 朕은 今에 天國에 居
하야 人世의 事는 直接干涉이 無하나 陟降任天하는 靈
明이 下土를 鑑察하나니 現在 朝鮮民族의 沉淪한 境遇
와 苦痛한 情況을 見함이 深切히 惻隱한 바 有하나 天
은 自奮自强者를 愛하시고 自暴自棄者를 厭하시나니
朕의 所奉은 天意라. 爾朝鮮民族이 終是過去의 罪惡을
反省치 못하고 自奮自强의 道를 不求하니 現狀도 極히
慘酷하거니와 來頭悲運이 엇지 限量이 有하리오.

爾가 能히 朝鮮民族을 代하야 其情을 悉陳하면 朕이
其過去罪惡을 對하야 針砭을 與하고 自奮自强의 方針

을 指示코져 하노니 爾는 少도 嚴畏를 勿悔하며 張皇을 勿憚하고 平日思想의 疑點이 有한 者와 或研究不及處가 有하거든 ——陳達하라.

無恥生이 感激涕泣하야 日上帝는 至大至公하사 一視同仁하시니 天의 所覆와 地의 所載로 一切物類의 飛者 走者 動者 植者와 各色人種의 黃者 白者 赤者 黑者로 하야곰 皆幷育하야 相殘相害가 無케 하심이오. 聖人은 此를 則하야 萬物로 一體를 삼으며 四海로 一家를 삼아 畛域의 區別과 藩籬의 限隔이 無한지라. 故로 釋迦牟尼는 初年에 大鳥가 小虫을 啄食하는 것을 見하고 크게 悲愍을 發하야 드듸여 四十九年의 苦行을 修하며 說法을 演하야 大慈大悲의 道力으로써 一切衆生의 業識을 打破하야 競爭을 止息하고 福樂을 共享코져 하얏스며 春秋時代에 華元은 弭兵論을 唱하며 墨子는 非攻篇을 著하며 孟子는 日善戰者ㅣ 服上刑이라 하얏스니 此皆仁人君子의 惻怛 慈愛로써 天下生民의 禍亂을 救코져 함이 아니닛가. 奈何로 世運의 文明이 愈進하고 人衆의 智識이 增長할사록 競爭의 機와 殺伐의 聲이 益益劇烈하야 所謂國家競爭이니 宗敎戰爭이니 政治競

爭이니 民族戰爭이니 하는 許多問題가 層生疊出하야
世界上 戰爭史가 止息은 勿論이오 愈益高度에 漲進하
야 百年前 大戰紀는 今則兒戲의 歷史가 되고 十年前 大
戰場은 今則演戲의 劇場이 되얏스며 許多殺人盈城하
고 殺人盈野의 器具가 精益求精하고 巧益求巧하야 所
謂 克魯礮이니 速射砲이니 毛瑟銃이니 鐵甲艦이니 輕
氣毬이니하는 各種器機가 海陸을 震盪하고 天地를 掀
動하야 人民의 血로 渠를 成하고 人民의 骨로 山을 積
하는데 弱肉強食을 公例라 謂하며 優勝劣敗를 天然으
로 認하야 國을 滅하며 種을 滅하는 不道不法으로써 政
治家의 良策을 삼으되 所謂平和裁判이니 公法談判이
니 하는 問題는 不過強權者와 優勝者의 利用이오 弱者
劣者는 其苦痛을 訴하고 抑菀을 伸할 處가 無하니 此
는 上帝의 一視同仁과 聖人의 萬物一體를 對하야 無憾
키 不能한바로소이다.

帝ㅣ 曰爾는 不聞가. 東洋學家는 曰天之生物이 必因
其村而篤焉하야 栽者를 培之하고 傾者를 覆之라 하얏
스며 西洋學家는 曰物이 競하면 天이 擇하야 適者를 生
存케 한다 하얏스니 盖天의 道는 一切衆生을 幷生幷育

하야 彼此厚薄의 別이 無하니 道德家는 此를 原本하야
萬物一體의 仁을 發揮하고 振行하야 天下의 競爭을 止
息케 함으로써 救世主義를 삼은 바라.

然하나 天이 萬物을 生함이 皆其倂育하야 相害가 無
케 한 것이지만은 其物이 自生自育의 力이 有하는 者는
生存을 得할것이오 自生自育의 力이 無한 者는 生存을
不得할지라. 父母된 者는 其子를 愛함이 賢不肖의 分
別이 無한 故로 生活의 資本을 均히 付予하얏스나 賢者
는 此를 保守하고 增殖하야 生活을 自足케 하되 不肖子
는 此에 反하야 其家産은 覆敗하고 生活을 不能한 境遇
에 父母인덜 奈何하리오.

故로 曰栽者를 培之하고 傾者를 覆之라 홈이오 또 萬
物의 生이 반다시 適宜한 處所가 有하고 適宜한 時代가
有하야 熱帶에 生한 者가 寒帶에 適지 못함이 有하고
春夏에 生한 者가 秋冬에 適지 못함이 有한지라. 世界
人衆의 生活程度가 赤然하야 上古時代의 程度로 中古
時代에 適지 못하고 中古時代의 程度로 現今時代에 適
지 못한 故로 曰適者를 生存케한다 하니라. 萬一 此時
代에 在하야 舊時代의 程度를 變치 못하고 適宜한 方法

을 求치 아니하는 者는 天地進化의 例를 拒逆하야 淘汰의 禍를 自求하는 者이니 天이 此에 奈何하리오.

大抵耳目의 聽視와 手足의 運動과 心思의 感覺이 有한 者면 時代의 光景을 察하야 進化의 例을 隨홈은 自然한 勢라. 現時代의 光景은 生活程度로 言하면 農業이 進하야 工商時代가 되고 木屋이 進하야 甓屋石屋의 時代가 되고 交通程度로 言하면 驛遞가 進하야 電信電話의 時代가 되고 車制가 進하야 鐵軌時代가 되고 競爭程度로 言하면 弓矢가 進하야 銃礮時代가 되고 船制가 進하야 鐵艦時代가 되고 政治程度로 言하면 專制時代가 아니오 平等時代이며 思想程度로 言하면 崇古時代가 아니오 求新時代라. 萬般光景이 此에 適지 못하고 난 決코 生存을 不得할지라.

天이 人을 生함이 性分의 靈能과 職分의 權利를 賦予하심은 東西洋과 黃白種이 一般이니 他人의 能爲하는 事를 我는 不能할 理가 無한지라. 天이 我의게 福을 賜하신 바 有할지라도 我가 事業을 做치 못하면 是는 天賜의 福을 拒絶한 者ㅣ라.

三百年前에 李舜臣이 鐵甲軍艦을 製造하얏스니 此

時西洋人이 硏究치 못한바오 三百年前에 許灌이 石炭採用의 利益을 說明하얏스니 此時西洋人이 發明치 못한바라. 此는 皇天이 朝鮮民族을 爲하야 世界에 雄飛할 材料로써 此等人의 手를 假하야 特別히 指示하신바 有함이니 萬一 朝鮮民族이 李舜臣의 鐵艦製造를 繼續하야 海軍力을 擴張하며 許灌의 石炭說明을 硏究하야 器械力을 發達하얏스면 朝鮮國旗가 歐美諸洲에 飛騰하야도 可할지어늘 何故로 此等事業은 看作土苴하고 優遊歲月에 沉醉不醒하며 昏蒙天地에 流連忘返하다가 今日此境을 當하얏는가. 是는 天賜의 福을 拒絶하고 淘汰의 禍를 自求함이니 決코 天을 怨키 不能이오.

人世의 所爲平和裁判과 公法談判으로 言할지라도 資格이 相等한 者라야 是非曲直을 裁判하고 談判도 하는 것이라.

爾는 不聞가. 某處에 一牛가 有하야 人을 爲하야 耕作의 勞를 服하며 運輸의 役을 供하다가 人의게 宰殺을 被한지라. 牛가 其寃을 不勝하야 冥官의게 呼訴하니 冥官이 曰畜物이 人類와 裁判하는 權이 無하다 하야 退却하니라. 嚮者의 朝鮮政府가 某國과 互惠條約을

結하야 兩國이 互相援助하자는 明文이 有하얏스나 朝鮮合併을 首認한 者는 某國이로대 朝鮮政府가 裁判을 請할 處가 無하고 朝鮮人民이 某國軍行을 爲하야 錢路의 役을 代하며 軍資의 運을 服하얏스나 朝鮮을 呑噬한 者는 某國이로대 朝鮮人民이 또한 裁判을 請할 處가 無하얏스니 故로 我의 資格이 他人과 相等치 못하고 난 如何한 苦痛과 知何한 抑菀이 有할지라도 伸訴할 處가 無하니라.

大抵 天이 賦予하신 靈能을 修하야 事業을 做함이 有한 者는 權利를 得하고 其靈能을 不修하야 事業을 做홈이 無한 者는 權利를 失하는데 其稟受한 靈能은 固有한 故로 雖今日에 弱者劣者가 되야 權利가 無한 者라도 能히 自奮自强하야 事業의 進取가 有하면 旣失한 權利를 克復하야 優者勝者의 地位를 得하는 日이 有할지니 엇지 上帝의 一視同仁과 聖人의 萬物一體를 對하야 憾함이 有하리오.

此는 朕의 歷史로써 足히 證據할 바 有하니 朕의 國은 東荒一隅女眞部落이라. 彼遼國의 覇絆을 受하고 侵索을 被함이 甚하얏더니 朕이 兵이 精하야 力이 齊하고

將이 勇하야 志가 一함으로 二千五百의 兵卒을 擧하야 遼의 七十萬衆을 破하고 進하야 宋을 破하야 支那版圖를 擁有하얏스니 此를 天授라 하지만은 엇지 人爲의 力이 아니리오. 故로 曰天은 自助者를 助한다하니라.

無恥生이 曰朝鮮은 四千年 體義之邦이라. 衣冠文物이 皆華制를 從하며 詩書禮樂이 皆華風을 尙하야 新羅와 高麗時代에 吾國人士가 中土에 入하야 進士及第의 榮華를 占한 者도 多하고 中土名士로 더부러 學理를 講磨하며 文藝를 此較하야 文人學士의 聲譽를 得한 者도 多한 故로 曰君子國이라 하며 曰小中華라 하얏고 本朝에 至하야 더욱 儒敎를 闡明하며 文化를 發展하야 風俗이 溫雅하고 名儒가 輩出하니 君德을 啓導하는 者는 堯舜을 必稱하고 世敎를 主張하는 者는 漢唐을 不足法이오 學說을 發揮하는 者는 濂洛關閩의 衣鉢을 相傳하며 文章을 闡揚하는 者는 韓柳歐蘇의 門庭을 必由하얏스니 此는 世界의 特色이라. 皇天이 斯文을 未喪하실진데 朝鮮의 文物이 終焉墜地할 理가 無할 것이오.

況世界萬國이 皆異敎新說을 唱하고 奇技淫巧를 尙하야 先王의 法服과 先王의 法言이 掃地無餘한 此時代에

我朝鮮이 獨히 重陰一陽으로 其舊를 不失하니 所謂周禮가 盡在魯라 今日에 至하야 비록 時勢의 風潮를 被하야 形式上 變遷이 多有하얏스나 山林巖穴에 大學章句를 講誦 不輟하며 崇禎紀元을 特書不廢하는 者ㅣ 多하니 如此한 忠義民族이 엇지 終乃泯滅하는 境遇에 至하리오.

畢竟은 此小中華의 精神으로 夷狄을 攘斥하고 先王制度를 回復할 日이 有할줄로 思惟하옵나이다.

帝ㅣ 曰朕은 武人이라. 文字의 初學이 本無한 中에 西征北伐로 兵馬가 倥傯하야 文學의 研究를 暇及지 못하얏고 且朕의 舊國은 女眞이라. 人民이 다만 弓馬로 爲業하고 射獵으로 爲俗하야 漢土의 文化가 邈然不及한 地라. 是로 以하야 經傳과 史記의 涉獵이 闕如하얏스니 此는 朕의 缺憾이 되는 바라. 今에 文士를 相對하니 於心에 甚慰라. 爾는 朕을 爲하야 平日所讀의 大綱을 擧하야 一誦 하라 하시니 無耻生이 固辭키 不敢하야 兒時初學의 史略과 通鑑의 首篇을 摘하야 誦하니 帝ㅣ 曰此是朝鮮古代史乎아. 對曰否라.

支那古代史로소이다. 帝ㅣ 曰擧國人의 初學敎科가

皆此書乎아.

曰然하니다. 帝ㅣ 曰然則 朝鮮人民의 精神이 自國歷史는 無하고 他國歷史만 有하니 是는 自國을 愛치 안코 他國을 愛함이라. 此로써 觀하면 千餘年來에 朝鮮은 但形式上朝鮮뿐이오 精神上朝鮮은 其亡이 已久하얏도다. 初學의 教科가 如此한즉 幼穉한 腦髓中에 奴隷精神이 根柢가 되야 平生學問이 皆奴隷學問이오 平生思想이 皆奴隷思想이라. 如此히 卑劣한 社會에 處하야 所謂英雄者ㅣ 何며 所謂儒賢者ㅣ 何며 所謂忠臣者ㅣ 何며 所謂功臣者ㅣ 何며 所謂名流者ㅣ 何오 究竟是奴隷地位라.

此劣根性을 拔去치 아니하고 난 朝鮮民族의 自强自立的 精神이 胚胎할 原因이 無할지라. 迅速히 此種方法을 改良하야 朝鮮歷史로 하야곰 人民腦髓中에 在하면 其民이 何地에 漂泊할지라도 朝鮮이 不亡이라 謂할 것이오. 將來希望의 結果도 此를 由하야 生하려니와 萬一不然하면 現狀은 姑舍하고 將來希望도 必無할지니 爾는 十分注意하야 實行勿怠하라 하시고 因하야 他書를 誦하라 하시니 無恥生이 更히 小學을 誦하야 曰

鷄初鳴成盥漱云云 大學을 誦하야 曰物格而后知至云云
하니 帝ㅣ 曰爾가 小學을 讀할진데 鷄가 鳴하면 卽起하
야 盥漱하는 實事가 有하며 大學을 讀할진데 能히 天
下의 物理를 窮格하야 吾心의 知識을 推極하는 實事가
有한가. 爾가 果然 格物致知의 實功이 有할진데 天文
地理 各種 動植物의 理를 說明하겟는가. 對曰 不能이
로소이다. 帝ㅣ 曰擧國儒生이 皆如此乎아. 對曰然하니
다. 帝ㅣ 曰然則 所謂儒生이 皆高談無實者오 欺世盜名
者로다. 其曰忠曰孝가 都是 虛言이오 曰仁曰義가 不過
例套이니 虛言과 例套로써 엇지 人民을 救濟하고 國家
를 扶植하는 實效가 有하리오.

　惟其實際를 遺棄하고 虛僞를 崇尙함이 如此한 故로
其表面은 雅美하나 其內容은 鄙陋하고 其口頭는 淸爽
하나 其心竅는 穢濁하야 先正后裔와 喬木世家를 許身
國家라 하며 與國同休戚이라 하며 日로 性理書를 對하
야 學問帝相이라 稱하던 者ㅣ 皆賣國의 元勳이 되며 社
會界와 演壇上에 愛國主義를 高唱하며 公益義務를 說
明하던 者가 皆合倂贊成의 先驅가 되얏도다.

　此는 朕이 昔年에 宋人의 情況을 經歷한 바 有한 것

이니 엇지 朝鮮이 또한 宋人의 遺毒을 傳染하야 此에 至할 줄을 料度하얏스리오. 大抵 趙宋은 彼支那人의 稱道하는 바 禮義文物은 三代以下의 第一이오 性理哲學은 孔孟의 的統을 承接한 者ㅣ 아닌가. 是時를 當하야 支那天地에 道德原理를 講論하는 者가 幾千百人이며 忠孝節義를 崇慕하는 者가 幾千百人이며 尊華攘夷의 主義를 提唱하는 者가 幾千百人이며 憂國忘身의 義氣로 自許하는 者가 幾千百人이리오. 此로써 觀하면 其民이 個個히 忠臣義士오 其國이 世世로 泰山磐石이지만은 及其 大金國鐵騎가 中原에 馳突하야 汴城이 陷落하는 日에 徽欽 二帝가 我의 浮虜가 되고 神州萬里가 我의 版圖에 入하되 其時에 爲主死節者는 李若水 一人뿐이라. 彼秦檜 王倫輩는 姑舍勿論하고 我의 金을 貪하고 我의 爵을 受하야 稽顙稱臣者가 幾千百人인가.

彼의 昨日所謂忠臣은 今日叛臣이 되고 昨日所謂義士는 今日賊子가 되야 閃忽難測하고 反覆不常함은 何故인가. 惟其國家는 浮文虛式으로 太平을 粉飾하고 士流는 高言大談으로 名譽를 盜竊하야 眞實의 元氣가 消盡하고 虛僞의 惡風이 滋長한 所以가 아닌가.

最尤可笑者는 彼支那人士가 中華의 神聖한 地位로 自尊自大하고 外國을 對하야 日夷狄이라 蠻貊이라 하야 賤視가 滋甚하고 慢侮가 不已하지만은 及其力이 屈하고 勢가 窮한 境遇에는 諂諛의 態와 卑屈의 色이 令人可笑러라.

朕이 初次에 兵을 擧하야 遼를 滅함이 彼宋人이 卽時 使를 遣하야 德을 頌하야 曰日出之分에 實生聖人이라 하얏더라. 彼가 平日에 吾國에 夷狄이라 罵하며 吾人을 犬羊이라 罵하다가 朕의 國勢가 勃興하고 兵威가 强大함을 見하야 聖人의 徽號로써 朕의게 上하니 其餂情行許로 納媚獻諂이 如此하더라.

且彼南宋은 朕이 人의 宗社를 殄絶키 不忍하야 江左一隅로써 與하고 其君을 册封하야 宋帝를 삼으니 彼가 臣을 稱하고 侄을 稱하야 其輸情 納款이 殆히 一家로 自托하나 彼國文字에는 日金虜金虜라하야 詬辱이 如故하니 然則 夷狄의 臣이 된 者는 夷狄이 아니며 夷狄의 侄이 된 者는 夷狄이 아닌가. 此도 또한 文字의 僞習으로 實事를 反省치 아니 하는 緣故라.

彼宋人은 비록 崇華遺實의 弊로 國家와 生民을 救濟

한 實效는 無하얏스나 其學問文章이 自家의 旗幟를 建立한 特色은 有하거니와 朝鮮人士는 此를 盲從하야 自家의 特色을 發表한 價値도 無하고 한갓 崇華遺實의 弊로 虛僞를 增長하야 國家와 人民으로 하야곰 如此한 悲境에 陷溺케 하고 尙此其失을 改悟치 못하야 華人의 浮文을 崇拜하고 陋儒의 謏習을 固守코져 하는가.

且朝鮮儒家의 所唱하는 尊華攘夷가 又何說인가. 世界萬國의 普通人情이 皆其自國을 尊함으로써 義理를 삼는 故로 華人은 尊華攘夷를 主張하거니와 今에 朝鮮人士는 他國을 尊함으로써 一大義理를 삼으니 是로 自國精神을 消滅케 하는 一大魔力이 아닌가.

壬辰援助의 恩으로 言할지라도 朝鮮人은 맛당히 其時에 八路를 蹂躪하고 二陵을 發掘한 倭仇를 先報하고 明의 恩을 酬하는 義擧가 有한 것이 正當하거늘 乃明을 爲하야 仇를 報코져 한다하면서 自家의 關한 不共戴天의 讐는 全然忘却하얏스니 於義何居며 過去 五十年前부터 日人이 朝鮮을 圖하얏거늘 此를 不察하고 惟尊華를 是論하얏스니 其愚何甚가.

又儒家에서 孔子春秋의 義를 據하야 尊華攘夷를 信

하니 孔子春秋의 義로 言하면 夷狄이 中國에 進하면 中國으로 待遇하고 中國이 夷狄이 되면 夷狄으로 待遇홈이니 何嘗地의 內外로써 尊攘의 義가 有한가. 萬一地의 內外로써 區別이 有하면 엇지 聖人의 大公無偏的 主義리오.

孔子의 居夷浮海코져 하신 意로 觀할지라도 其廣大周偏하야 心無內外홈을 可見할지라. 設或孔子春秋에 尊華攘夷의 意가 有할지라도 孔子는 華人이라 此義를 持함이 猶或可하거니와 東方海外의 人으로 此義를 持함은 何事인가. 宋代儒者가 自國의 情況을 慨憤하야 春秋를 藉托하야 尊攘의 說을 敷衍增益하야 其國人을 警醒코져 함은 可하거니와 朝鮮人이 또한 宋人의 口氣를 盲從함은 何事인가.

且儒林中 最陋者는 曰吾儒者는 孔子를 爲하야 死할지언정 國을 爲하야 死할 義理가 無하다 하니 是又何說고 往者四十年前에 天主敎徒가 政府의 虐殺을 被함으로 乃法國政府를 向하야 兵을 乞하얏더니 其時普法戰爭으로 以하야 法國이 遠征을 不能한 故로 幸히 無事를 得한지라.

萬一 尊華攘夷의 義를 固執할진데 漢의 荀彘 楊僕과 唐의 蘇定方 李世勣이 更來하면 率先倀導가 되야 其軍을 歡迎하고 歌誦치 아니 하겟는가.

朝鮮은 士論의 國이라. 士林의 領袖로 國民의 泰斗된 者가 尊華義理를 唱하는 心力으로 愛國義理를 唱하얏스면 엇지 今日現狀이 有하리오. 此도 華人의 文字에 心醉하야 實際를 不究함이라.

盖道德의 範圍로 言하면 天賦의 性은 世界一般이오 其政治敎化의 意도 大略相同하나 地理와 風俗의 關係로 此에 適한 者가 彼에 不適함이 有하며 彼에 適한 者가 此에 不適함이 有한 故로 政治界와 敎化界에서 他國 文物을 輸入하야 我의 政敎를 補益하되 我에 不適한 者는 取치 못할것이오 또 其善한바와 長한바를 取하고 其惡한 바와 短한 바는 棄할지어 날 今에 朝鮮人은 他國의 文化가 自國에 適하며 不適한것도 察하는바 無하며 其善惡과 長短을 審하는바 無하고 漢土의 所産이라 하면 一一欽羨하고 一一悅從하야 他의 糟粕을 醇酒로 認하고 他의 燕石을 至寶로 認하니 此皆奴隸根性이니라.

至若詩取人으로 言하면 隋楊廣의 倡設한바라. 彼支

那帝王이 天下의 人才를 消滅할 野心으로 行한바 朝鮮이 또한 此를 倣行하야 人才를 消滅케 홈이 八百餘年에 至함은 何故인가.

無恥生이 曰詩의 爲物이 人의 心志를 感發하며 風俗을 薰陶함이 가장 效力이 靈捷하고 多大한 者라. 三百篇은 尙矣어니와 唐宋時代에 詩家가 最盛하니 臣이 幼時로부터 甚히 嗜好한바 有하니다.

帝ㅣ 曰然則 唐宋名家의 佳作을 選하야 試誦一遍하라 하시거늘 乃李白의 襄陽歌와 蘇軾의 獨樂園詩를 誦하야 曰百年三萬六千日에 一日須傾三百盃라하며, 樽酒樂餘春이오 棋局消長夏라 하니 帝ㅣ 此를 聽하시고 爲之愀然曰此도 朝鮮兒童의 學習하는 詩歌인가. 對曰然하니다. 帝ㅣ 曰噫라. 此는 人民의 生命을 吊送하는 薤靈歌로다. 何者오 人의 身體는 勤勞로써 健強하고 人의 心志는 勤勞로써 鍛鍊하고 人의 知識은 勤勞로써 增長하고 人의 生産은 勤勞로써 豊足하고 人의 事業은 勤勞로써 發展하고 人의 福祿은 勤勞로써 自至하는 故로 勤勞의 人은 天이 愛하시고 神이 助하느니라.

人은 勤勞가 아니면 身體가 疲軟하야 疾病이 必生하

고 勤勞가 아니면 心志가 懶散하야 神氣가 不旺하고 勤勞가 아니면 知識이 閉塞하야 慧竇가 不靈하고 勤勞가 아니면 生産이 貧絀하야 飢寒이 必至하고 勤勞가 아니면 事業이 退縮하야 德義가 日消하고 勤勞가 아니면 福祿이 日遠하야 災禍가 卽至하나니 是故로 民族의 勝敗 存亡은 다만 勤勞와 怠逸로써 判斷이 되는 것이라.

人은 萬物의 最靈者로 斯世에 生하야 如何한 職務가 有하며 如何한 責任이 有한가. 昔賢이 云하되 宇宙間 事가 卽職分內事오 職分內事가 卽宇宙間事라 하지 아니하얏는가. 大禹의 寸陰을 是惜홈과 文王의 暇食을 不遑홈과 周公의 坐而待朝가 皆其職務를 不廢하고 責任을 不棄코져 함이라.

個人의 生活이며 社會의 職務이며 國家의 事業이며 一日의 責과 十年의 計와 百年의 現在와 萬世의 將來를 對하야 皆其擔任한 바와 目的한 바로써 進行하고 成就 코져 하면 晝의 行할 바를 夜에 思하며 夜에 思한바를 晝에 行하야 一時一刻의 放逸을 不敢하되 歲月이 如流라. 我를 爲하야 延期치 아니 하는 歎息이 有할지어늘 奈何로 飮酒度日하고 圍棋消夏하는 浮誕者의 行爲로써 人民을 敎導하리오. 今乃幼穉 한 兒童의게 飮酒로 百年을 度하고 圍棋로 長夏를 消하는 詩歌로써 傳授하니 是는 民族을 滅亡케하는 方法이 아닌가.

朕이 此에 就하야 또한 實驗한 經歷이 有하니 爾를 爲하야 言及하리라. 朕의 家法은 祖先以來로 自然的 道德을 根本하야 淳樸無文하고 眞實無僞함으로써 天理에 符合이되고 人心에 根柢가 되니 是로 以하야 우리 民族은 質實하고 勤勵하야 其衣는 枲麻의 絲와 狐狸의 皮와 錦綺의 華飾이 無하고 其食은 鳥獸의 肉과 秫菽의 米라 膏粱의 珍甘이 無하며 耕作과 牧畜의 業으로 日日不息하니 賭博을 奚暇이며 騎射와 狩獵의 事로 人人競勸하니 宴遊를 何論가. 所以로 體力이 強健하고 志氣가 活潑하야 猛進의 勇과 健戰의 力이 熊과 如하고 虎와 如하야 世界에 無雙한 强族이 된지라.

彼支那의 錦綺를 衣하고 膏粱을 飽하며 博奕 飮酒로 生涯를 作하며 花柳風流로 歲月을 送하며 江湖風月에 詩賦를 唱酬하며 園林坮榭에 宴遊가 張皇하는 民族이 엇지 勝負를 比較하리오. 我는 勤勞하고 彼는 怠逸하며 我는 武強하고 彼는 文弱하며 我는 眞實하고 彼는

虛僞하니 至公하신 天心으로 誰를 助하겟는가. 應當勤勞者와 武強者와 眞實者를 助하실지라.

彼世界上 最多數를 佔한 支那民族도 怠逸과 文弱과 虛僞로 他族의 蹂躪을 被하얏거든 況朝鮮少數의 民族으로써 怠逸하며 文弱하며 虛僞하며 其危機敗證이 十分極度에 達하얏는데 況民族競爭이 至慘極烈한 今日에 生存의 幸福을 希望할가. 一言以蔽하고 朝鮮民族은 從前 怠逸과 文弱과 虛僞의 病根을 拔去하야 勤勞하고 武強하고 眞實한 新國民을 養成치 아니하면 實로 蘇生의 機가 無할지니 豈不痛哉아. 爾는 深切히 省悟하야 同胞를 警醒하라.

無恥生이 曰彼西洋諸國을 觀하면 數百里의 土地와 數百萬의 人口로 國體의 獨立을 保全하고 人權의 自由를 享有하는 者ㅣ多하거늘 朝鮮은 三千里의 土地와 二千萬의 人口가 有한즉 赤一大國이어늘 今乃此境에 墜落함은 何故이닛가.

帝ㅣ 曰噫라. 其民은 曰二千萬이나 持釰荷銃하야 折衝禦侮者는 甚少하니 奈何오. 世界萬國에 國民이 되야 兵役의 義務를 擔치 아니한 者는 無한지라. 東方古代

史로 觀할지라도 三國時代와 高麗時代에 他國과 戰爭이 有하면 荷戈負羽의 士가 滾滾히 地를 從하야 出흠과 如하얏스니 此는 一器도 兵役을 擔치 아니한 者ㅣ 無함이오.

現世 各國制度로 言하면 帝王의 子도 皆兵學의 卒業이 有하고 貴族과 平民이 軍人의 履歷이 無한 者는 人格을 得지 못하거늘 朝鮮은 仕宦族과 儒生族과 鄕班族과 吏胥族이 皆兵役은 無하고 貴家의 廊屬과 奴隷가 皆國家의 兵役은 無하고 但其家主의 使役을 服할뿐이라. 此로써 觀하면 仕宦族도 國民이 아니오 儒生族과 鄕班族과 吏胥族과 貴家의 廊屬과 奴隷가 皆國民이 아닌 즉 二千萬中에 國民의 義務를 帶한 者ㅣ 幾個人인가. 國民의 義務를 帶한 者는 軍籍에 簽載한 人民뿐이어늘 是는 極甚한 賤待와 極甚한 虐政을 偏被하야 軍布의 徵稅로써 王室의 經用도 되고 百官의 祿俸도 되고 吏胥의 廩料도 되는 故로 軍籍에 簽載된 人民은 乳下의 黃口도 軍布를 納하고 地下의 白骨도 軍布를 納하는데 黃口白骨까지 無하면 其族에 徵하고 其里에 徵하얏스니 世界萬國에 如此히 不平不法의 虐政이 曾有한가.

五百年來에 一個政治家가 此를 改良한 者ㅣ 無하고 一朝有事에 敵愾禦侮의 事을 誰의게 責할가. 乃政體도 不識하고 時務도 不識하는 迂儒輩는 曰吾國民은 孝悌忠信의 敎化로 親上死長의 義가 有하야 秦楚의 堅甲利兵을 制한다하고 至于今日까지 尙曰銃礮의 利가 弓矢를 不及한다하니 如此한 敎育下에 또 엇지 敵愾禦侮할 能力이 有하리오.

且其國民의 精神界로 言하면 貴族家는 但히 政權을 爭奪하고 民血을 吸收하야 其身家를 肥澤케 할 精神뿐이오 儒學派는 但히 禮說과 學說의 異同을 紛紛訟辨하야 各其門戶를 立하고 名譽를 爭할 精神뿐이오 一般平民은 官吏虐政下에 其荼毒을 不堪일세 子弟의 聰俊者가 有하면 詩賦와 簡札의 技로 科宦를 圖하고 權貴를 事하야 其身家를 保存할 精神뿐이니 何嘗國家를 爲하야 其義務를 履行할 精神이 有하리오.

此로써 觀하면 二千萬中에 國民精神이 有한 者ㅣ 幾個人인가. 此는 朝鮮의 二千萬衆이 西洋小國의 數百萬衆을 跂及지 못하는 바이니라.

今에 個人의 家로 言할지라도 一家는 其子弟가 三四

人에 不過하나 此三四個子弟는 皆技能이 具有하고 職業을 勤修하야 其家業을 隆昌케 하고 一家는 其子弟가 八九人이 有하나 皆技能도 沒有하고 職業도 不修하야 遊衣遊食한즉 及히 多口의 累로써 生活이 더욱 困難할 뿐이니 此八九兄弟의 家가 彼三四兄弟의 家를 不及함은 瞭然한 事實이 아닌가. 然則 朝鮮의 二千萬衆이 皆 其國民의 義務와 國民의 精神으로 其技能과 職業을 修하야 獨立의 資格과 自由의 能力이 有하여야 此人種競爭하는 時代에 淘汰의 禍를 免하고 生存의 福을 得할지 니라.

無恥生이 曰各國歷史를 觀함이 升平이 日久하면 政治는 腐敗할지라도 人口는 增殖되거늘 吾邦은 升平 三百年에 戶摠結摠이 逐歲減縮하고 城邑村落이 觸目 蕭條하야 鐵路沿線에서 山野를 瞻望하면 森林이 童濯 하고 人烟이 荒凉하야 便是荒蕪地光景과 無異하니 此 는 何故이닛가.

帝ㅣ 曰此도 政治不良의 結果이니라. 政治가 文明한 國은 其民의 納稅多寡로써 其權利의 優劣을 定하야 納 稅를 不能하는 者는 國民의 資格을 全失하거늘 朝鮮人

은 此에 反하야 許多한 忠勳后裔이니 先賢祀孫이니 孝烈家門이니 하는 名目으로 國稅를 脫免하는 것이 有權有力者가 되니 此其戶摠結摠이 逐歲減縮한 바오.

政治가 佳良한 國은 官吏된 者가 人民의 生命과 財産을 保護하기로 專力하거늘 朝鮮官吏는 人民의 生命과 財産을 侵害攘奪하기로 專力하얏스니 其民이 生活困難으로 以하야 城市와 原野의 樂土는 棄하고 食料가 甚惡하며 醫藥이 素無한 深山窮谷에 投入하야 鳥獸生活을 作하다가 瘴癘의 毒으로 死亡者가 多하며 曾往에 長山串一路를 開通치 못함으로 水旱의 灾가 一有하면 西南의 穀이 不能相救하야 餓殍가 山積하얏스며, 法律이 不明이라 不法虐刑에 冤死者도 多하며, 防疫을 不行이라 疾癘流行에 黃斃者도 多하며, 早婚成俗이라 氣質不足으로 夭札者도 多하니 此皆人種減少의 原因이라.

今日에 至하야는 他族强力下에 産業基址를 次第被奪하니 幾十年이 不過하야 自滅의 慘을 誠不忍言이오 至若異國地方에 流離居生하는 人民은 轄治者도 無하고 敎導者도 無하니 自活自治의 能力이 아니면 設或他族의 虐待가 無할지라도 産業權에 屈한바 되고 知識力에

屈한 바 되야 泉甘土肥한 佳處生活을 不得하고 陰崖寒谷에 惡地居住로 産業이 不殖하고 疾病이 多生하야 人口의 減少를 不免한 즉 世界上 朝鮮民族의 名義를 保全키 不得할지니 엇지 可哀可痛의 甚한 者ㅣ 아니리오.

爾는 此意로써 一般同胞의게 至誠으로 勸告하며 涕泣으로 懇諭하야 아무조록 우리 同胞는 朝鮮夕夕에 警惕하고 奮發하야 耕蚕과 牧畜等 産業을 勤治하고 或酒를 亂飮하거나 或雜技를 賭하가나 或怠惰浪遊로 歲月을 虛送하는 事를 行치 勿하고 幾個年間에 勤勉力作한 效果로 産業이 增殖되야 好土樂地의 生活을 得하면 疾病이 不生하야 子孫이 繁昌할 것이오 또 先聖의 敎訓과 良士의 開導를 服從하야 子弟를 敎育하면 知識이 開進하고 品行이 佳良하야 他族의 優待를 受할지며 皇天의 眷佑를 蒙할바 有할지니라.

無恥生이 曰現時代의 各民族이 其知識과 勢力의 優劣로써 生存과 死滅의 機를 判斷하는데 勢力은 知識으로 由하야 生하고 知識은 學問으로 由하야 生하는 故로 敎育이 發達한 民族은 生存하고 敎育이 衰頹한 民族은 滅亡함은 有耳者ㅣ 皆聞이오 有目者ㅣ 皆觀하는 바이

나 若乃窮巷僻村의 生長과 耕耘樵牧의 身分으로 文字의 學識이 本無하고 足跡이 鄕閭에 不出한 同胞는 世界變遷의 情形과 民族競爭의 風潮를 不聞不覩함으로 感覺이 發生키 難하며 新時代 敎育問題에 對하야 初聞初見이라, 其方法如何와 效力如何를 知得키도 難하거니와 至若自幼로 經史를 受讀하야 古今을 略解하는 儒林同胞는 世界大勢의 變遷된 情況을 目擊한 바도 有하며 各著述家의 新思想을 發表한 書籍과 各報館의 日刊月行하는 新聞雜誌도 手觸한 바 有한 즉 世界各國이 新學術의 發明과 新敎育의 發達로 文明富强한 理由를 覺得홈이 有할지어늘 乃此輩人이 此를 反對하고 妨害하야 一般同胞로 하야곰 開明程度에 引進치 아니하고 闇昧境界로 驅入코져 함은 何故인잇가.

帝ㅣ 曰此乃改革時代에 自然한 理勢이니라. 何者오 改革時代에는 下等社會가 上等社會로 進步하야 平等社會를 造成하나니 此는 天地進化의 公例로 莫之爲而爲者라. 彼儒生派는 過去時代에 上等地位를 占領한 者라. 若其新時代에 入하야 新學術과 新敎育의 知識으로 維新事業을 做得하면 高等權利가 彼等의 手에 在하야

下等社會가 進步할 方面이 無할지니 엇지 平等社會를 造成하는 新時代가 有하리오. 故로 今日에 在하야 兩班二字가 腦髓에 印着한 者와 儒生二字가 腦髓에 印着한 者는 皆新思想과 新知識이 不入하니 此는 天이 其魂을 奪하야 劣等人類에 墜落케 흠이니라.

無恥生이 曰改革時代에 進化公例는 如斯하거니와 現在 下等社會의 同胞로 言하면 文字의 學識이 全無한 즉 何等方法으로 此를 開導하야 上等地位에 進步케 하는 效力이 有하올잇가.

帝ㅣ 曰下等社會를 開導흠이 上等社會보다 容易하니라. 何者오 人의 耳目이 本來 聰明하지만은 他物이 有하야 耳目을 蔽塞하면 其聰明을 失하는 것이오 人의 腦髓가 本來 虛靈하지만은 舊習이 有하야 腦髓에 印着한 者는 其虛靈을 失한 故로 各國歷史를 觀할지라도 本來 舊文化의 習染이 深한 者는 新文化의 發達이 甚히 遲緩하고 舊文化의 習染이 淺한 者는 新文化의 發達이 極히 迅速하니 此는 四千年 舊文明의 朝鮮이 今日 新時代에 在하야 文明發達이 彼舊時代의 蠻風이 未改한 島國程度를 不及함이니라.

個人도 亦然하야 舊學의 習染이 腦髓에 印着한 者는 恒常 新文化를 對하야 抵抗力이 强하고 又其平日 高等 地位에 處함으로 自賢自足의 習이 有한 故로 此等人의 게는 비록 許多口舌의 力을 費할지라도 其思想을 轉回 키 難하고 舊學의 習染이 素無한 者는 腦髓中 本來 虛 靈이 自在하야 新文化를 灌注키 不難하고 又其平日下 等社會에 處한 故로 自賢自足의 習이 無하야 人의 勸告 의 開諭를 聽受함이 容易하니라. 況現今은 世界大運이 平等主義로 傾向하는 時代라. 下等社會를 引導하야 上 等地位로 進步케 함은 卽天地進化의 程度를 順從홈이 니 其功效를 奏함이 또한 自然한 勢니라.

昔에 摩西氏는 頑昧險躁한 猶太民族을 率하고 沙漠 에 彷徨한지 四十年에 迦南樂土로 引導함이 有하얏스 니 況我大東民族은 檀君의 神聖後裔라 此를 指導하야 將來 平等世界에 新樂國으로 引進함이 豈其甚難이며 天이 我大東民族의 生命을 絶코져 아니하신 즉 第二摩 西氏의 事業을 建立할 者가 亦豈無之리오.

無恥生이 曰現朝鮮社會에 上流社會로 言하면 賣國 求榮하는 賊子輩를 除한 外에는 所謂 上流人士가 摩西

氏와 如한 同胞救濟의 事業은 尙矣勿論이오 惟是潔身自靖의 義로 難世遠遁하야 伯夷叔齊의 采薇遺風으로 自托하는 者ㅣ 多하니다.

帝ㅣ 曰吁라. 後世의 人이 古者聖賢의 心事를 對하야 誤解함이 往往知此하도다. 伯夷叔齊가 周粟을 不食하고 首陽의 薇를 採홈이 潔身主義가 아니오 乃救世主義니라. 何者오 伯夷叔齊는 聖之淸者로 其國을 讓한 者라. 如許한 胸次로써 周武王의 征服을 見하니 揖讓時代의 美風을 不可復見할지며 天下의 人이 帝王의 權利로써 征伐의 事가 有한즉 簒奪의 變이 必起할지라. 伯夷叔齊가 此를 救止하기 爲하야 其身을 窮餓에 投하야 其心事를 天下萬世에 表白한 者니 此其何等力量인가. 故로 曰聖人이오 仁人이라. 若其 不事二君의 義로 窮餓而死하얏스면 一個節士에 不過하니 엇지 聖人이라 仁人이라 稱하리오.

伯夷叔齊는 遼東一隅 孤竹國의 人이라. 殷의 祿을 食한바 無한 즉 殷을 爲하야 臣節을 守할 義理가 無하고 周文王을 往見하얏스니 殷을 爲하야 忠을 盡코져 함이 아니라. 但其武王의 征伐을 對하야 反抗心이 起한 故

로 叩馬而諫하고 奚薇而餓한 것이라. 故로 其歌에 曰 神農虞夏忽焉沒兮 我安適歸矢오하얏스니 此는 神農虞夏의 揖讓時代가 旣遠함이 適歸할바 無하다 함이라.

若其殷을 爲하야 節을 守할 者면 當日殷商旣淪兮我 安適歸矢오 하얏슬지라. 後世一節의 士가 聖人의 救世 主義는 推想치 못하고 妄히 采薇의 遺風으로 自托하니 是는 拳石의 小로써 泰山의 大를 擬흠이니라.

無恥生이 曰殷이 亡함이 箕子께서 東出朝鮮하심이 엇지 自靖의 義가 아니며 周가 衰함이 孔子께서 九夷에 欲居하며 乘桴浮海코져 하심이엇지 傷時의 歎으로 遠 擧의 志가 有함이 아니닛가. 帝ㅣ 曰吁라. 朝鮮人이 世 世로 箕子를 崇奉하되 箕子의 主義를 解치 못하며 人人 이 孔子書를 讀하되 孔子의 主義를 解치 못하니 엇지 可歎할 바 아니리오.

箕子께서 料의 囚를 被하얏다가 周武의 放釋을 値함 이 六百年 先王宗社가 이미 邱墟된지라. 四方을 顧瞻 하니 所適을 不知라. 於是에 蓍를 揲하야 其去就를 決 할세 明夷卦를 得하니 乃曰天이 我로 하야곰 海外夷族 을 文明케 하심이라 하고 殷의 遺民五千을 率하고 東

出할세 詩書禮樂巫醫百工이 從來하얏스니 其時思想이 何如한가.

맛참내 檀君子孫의 厚意로 生活基址를 得하니 政法을 施하며 敎化를 行하야 子孫이 繁昌함이 南으로 洌水에 至하며 北으로 永平에 至하야 皆版圖에 歸한지라. 古者殷周의 盛이 千里에 不過하거늘 箕氏朝鮮은 四千餘里에 至하얏스니 實로 海東의 新殷國이라.

然則 箕子의 主義가 엇지 自靖에 止하얏스며 孔子께서 堯舜三王의 道로써 天下를 變易코져 할세 列國에 轍環하야 席不暇暖하나 是時는 周末이라. 文弊가 已勝하야 淳朴의 風이 衰하고 巧僞의 習이 盛한지라. 列國政家가 各其私權을 貪愛하야 聖人의 至誠을 容受치 아니하니 隨處不合에 道不可行이라. 於是에 思惟하야 曰海外夷人은 風氣가 淳厚하고 性情이 質樸하야 文弊와 巧僞가 無하니 仁義의 敎로써 開導홈이 適宜하니 此는 箕子의 東出한 所以라. 於是乎九夷에 欲居하며 乘桴浮海하야 敎化를 施코져 하얏스니 其救世主義의 眞至惻怛함이 如此하며 心無內外하야 廣大周遍홈이 如此하거늘 後世儒家가 自家淺識으로 妄爲解釋하야 曰此는 傷

時에 歎이라, 遠擧의 志라하니, 聖人은 不怨天不尤人이라 엇지 時를 傷하야 遠擧코져 함이 有하리오.

無恥生이 曰然則 今日 此境을 當하야 潔身遠遁하는 者는 可據할 義諦가 無한올잇가. 帝ㅣ 曰今日의 義는 朝鮮臣民이 되야 其祖國과 其同胞를 爲하야 義務를 效하는 바 無하고 但히 潔身自靖으로써 本分의 天職을 삼는 자는 其罪가 賣國奴로 더부러 差等이 無하니라. 何也오 盖天下의 事가 不爲利하면 必爲害오 不爲益이면 必爲損이니 我가 人을 利케 한 바 無하면 반다시 害케 한 바 有할 것이오 人을 益케 한 바 無하면 반다시 人을 損케 한 바 有할지니 人을 害케 한 바 有하며 損케 한 바 有하면 決코 善이 되지 못하고 惡이 될지라. 若其國家와 民族을 對하야 利케 한 바 無하고 益케 한 바 無하면 엇지 害게 하고 損케 한 바 無하리오. 必是國家와 民族의 蠹虫이오 蟊賊이라. 博奕飮酒로 家産을 蕩敗하야 父母를 凍餒케 한 者와 遊衣遊食으로 家務를 不幹하야 父母를 凍餒케 한 者가 其不孝즉一이라. 黃金을 愛하고 美爵을 愛하야 其國을 賣한 者와 其身을 愛하고 其名을 愛하야 其國을 亡케 한 者가 其不忠則一이 아닌

가. 賣國禍族을 不顧하고 貪慾을 是逞하야 富貴를 盜
竊한 者와 國亡族滅을 不關하고 淸流로 自處하야 名譽
를 盜竊한 者가 其爲盜竊則一이라.

冥府에서 死者의 罪惡을 案治하는데 一官吏의 死者
가 申辨하야 曰吾는 無罪無罪라. 吾가 居官하야 甚廉
하니다. 冥王이 曰木偶를 庭에 立하면 冷水까지 不飮
하니 君보다 勝치 아니한가. 廉을 持한 外에는 一善도
所聞이 更無하니 是는 君의 罪라 하고 드듸여 炮烙의
刑을 施하니라. 然則 朝鮮國民의 身分이 有한 者가 其
祖國과 其同胞를 爲하야 義務를 效한바 無하고 飄然遠
擧하야 其身을 獨潔코져하는 者도 應當冥府法律의 炮
烙을 免치 못할지로다.

盖道德은 公德과 私德의 區別이 有하고 事業은 公益
과 私益의 區別이 有한 것인데 道德과 事業의 程度도
時代의 進化를 隨하야 增進하느니 古昔에 隣國이 相望
하야 犬鷄이 相聞하되 不相往來하는 時代인 故로 人이
各其私德을 修하야 其身을 獨善하고 私益을 謀하야 其
家를 獨厚하야도 相生相安이 自足하얏거니와 現今은
世界人類의 生存競爭이 極大하고 劇烈하야 大海의 漲

潮와 如하며 大山의 噴火와 如하니 此地球上에 國家와 民族의 名義가 有한 者는 其團體合力이 아니고는 決코 生存을 不得하는 故로 公德이 無하면 私德이 無하고 公益이 無하면 私益이 無한 것이라.

所謂 朝鮮學者界에서는 道德進化의 程度를 覺察치 못하고 但히 一身을 修하며 一家를 治함으로써 無上한 道德으로 認하고 國家와 民族에 對한 公德心과 公益心은 全無한지라. 所以로 其末梢結果가 今日 此境에 至하고도 尙曰我는 無罪라 我는 無罪라 함이 可한가.

國家와 民族의 陷溺을 對하야 袖手傍觀하고 斂身規避한 罪가 已有하거늘 況又淸名高節에 自托하야 首陽山의 采薇歌를 續하노라 하니 其飾情沽譽의 行爲가 尤極可痛이라. 其罪를 案治할진데 엇지 賣國奴와 差別이 有하리오. 爾는 決코 此等 僞善假義者의 塗轍을 循치 勿하라.

無恥生이 曰吾國 學者界에서 公德과 公益을 發表치 못한 罪는 無하다 謂키 難하나 但過去時代의 齷齪한 規模를 追想하면 至今까지 心이 寒하고 膽이 栗함을 不覺하나니다. 政治界의 壓制도 極甚하고 學問界의 武斷

도 惑甚하야 人民된 者가 敢히 在上者의 不法을 反抗하면 大逆不道에 處하고 士流된 者가 敢히 先輩의 言論을 違反하면 斯門亂賊에 處하야 身敗家亡의 禍가 不能旋踵하니 是時를 當하야 誰가 敢히 公德과 公益을 爲하야 生命과 家業을 不顧하리오. 所以로 人民된 者는 官府에서 如何한 虐政을 施할지라도 服從而已라 敢히 一言으로 反抗치 못하고, 士流된 者는 世道의 腐敗가 如何한 境遇에 至할지라도 舊轍을 膠守할 而已라 敢히 一理를 發明치 못하얏스니 其情地를 參究하면 容或可恕할 바 有하니다.

帝ㅣ 曰然즉 如此히 無骨無血한 人民을 安用가. 自國政府의 虐待를 反抗치 못하는 者가 엇지 他邦의 虐待를 不受하며 如此히 無膽無勇한 士流를 安用가. 自身의 禍福을 爲하야 民國의 禍福을 不念하니 엇지 他族의 奴隷를 得免하리오.

過去 百年前에 彼西洋諸國의 政治壓制와 宗敎壓制가 極甚하고 猛烈하지만은 盧梭는 百難의 苦를 不憚하고 民約論을 大呼하야 革命의 導線을 作하얏스며 克林威爾는 天下의 惡名을 不拘하고 暴君의 首를 馘하야 憲

法을 制定하얏스며 馬丁路得은 敎皇의 威壓을 無視하고 宗敎革命의 功을 奏하얏스며 四百年前에 支那學問界는 朱學의 勢力의 宏大하고 深固하지만은 王守仁이 天下의 誹謗을 不顧하고 良知學을 主唱하야 士氣를 振作하얏스며 五十年前에 日本幕府의 武斷力이 强勁하고 嚴酷하지만은 吉田短方이 一身의 生命을 擲하고 大和魂을 唱하야 維新의 基礎를 設하얏거늘 奈何로 朝鮮에는 如許한 熱血兒가 不作하야 政治革命도 못하고 學術革命도 못하얏는가.

是로 以하야 天地의 進化로 新舊가 交換하는 時代에 處하면 진실로 果敢性과 自信力이 富한 豪傑男子의 血이 아니면 能히 國家의 命運과 生民의 幸福을 造치 못하나니라. 若其果敢性과 自信力이 缺乏하야 是非를 顧畏하며 禍福을 較計하야 一言을 不敢發하고 一事를 不敢做하는 者는 決코 此時代에 自存할 能力이 無하니라.

無恥生이 日旣往闇黑時代와 腐敗社會에 生斯長斯한 老朽의 物은 公德이 何者인지 公益이 何者인지 國民의 資格이 何者인지 國民의 責任이 何者인지 本無聞知한

者이라. 然하나 習性이 已痼하야 改悟키 不得이오 魄
力이 已衰하야 鞭策키 不得이라. 責하야도 無效오 收
하야도 無用이니 祖國과 民族의 前途로써 엇지 此輩의
게 期望하리오. 惟是青年子弟를 敎育하야 新國民을 養
成하기 外에는 他道가 更無한지라.

臣이 일즉 祖國歷史를 奉하야 再拜하고 自問於心하
야 曰此歷史가 무삼 能力과 무삼 福力으로 四千餘年 血
脈을 相傳하야 吾儕가 ( )으로 此國의 土를 食하며 此
國의 水를 飮하며 此國의 風化를 沐하며 此國의 文物을
被하야 祖祖孫孫이 生於斯老於斯하며 農於斯商於斯하
며 學於斯仕於斯하야 世界人類를 對하야 曰吾는 朝鮮
國民이라하며 天地神明을 對하야 曰吾는 朝鮮國民이
라 하얏나뇨.

其恩德의 所由來를 推想한즉 此半島江山에 人才가
多出하야 此國의 元氣가 되며 此國의 腹心이 되며 此國
의 干城이 되며 此國의 柱石이 되야 우리 國民을 煦育
하고 우리 國民을 保護한 恩德이로다. 然則 四千年間
에 磊落想望한 先聖先民을 爲하야 拜하며 祝하며 歌하
며 頌하려니와 今日에 至하야난 우리 青年諸君의게 歷

代偉人의 事業으로써 期望하며 勸勉하며 策勵하며 鼓舞할터인데 何等方法으로써 靑年諸君으로 하야곰 果敢性과 自信力을 富케 하야 無限한 難關을 突過하며 重大한 責任을 堪當케 하야 四千年歷史의 先民遺蹟을 趾美케 하오릿가.

帝ㅣ 曰天地間에 一大靈物이 有하야 世界를 範圍하며 古今을 綜合하며 海陸을 伸縮하며 風雲을 吹噓하며 鬼神을 役使하며 萬物을 鑄造하는 能力이 有한 故로 聖人도 此로 以하야 聖人이 되며 英雄도 此로 以하야 英雄이 되고 國家도 此로 以하야 成立되며 社會도 此로 以하야 組織되고 萬般事業이 皆此로 以하야 成就하나니 此靈物의 實力과 妙用을 得하면 天下의 可做치 못할 者ㅣ 無한것인데 此를 修鍊하야 活用하는 者ㅣ少한지라. 若其修鍊의 原素가 充足하면 果敢性과 自信力이 生하야 活用의 機關이 沛然無碍하나니 其名曰心이라.

此物의 原質은 虛靈不昧하고 淸明無瑕한 者이니라.

此物의 本能은 眞實無僞하고 獨立不倚하는 者이니라.

此物의 眞情은 正直不阿하고 剛毅不屈하는 者이니라.

此物의 本體는 公平正大하고 廣博周遍하는 者이니라.

此物의 能力은 是非를 鑑別하고 感應이 神捷한 者이니라.

如斯히 無上한 寶品과 無盡한 靈能이 人皆有之언 만은 但人이 器世間에 墮在하야 社會의 習染과 肉體의 情慾으로 以하야 虛靈不昧者로 하야곰 昏蒙不靈者가 되며 淸明無瑕者로 하야곰 滓穢不潔者가 되며 眞實無僞者로 하야곰 巧詐假飾者가 되며 獨立不倚者로 하야곰 苟且依賴者가 되며 正直不阿者로 하야곰 耶曲諂附者가 되며 剛毅不屈者로 하야곰 柔懦卑劣者가 되며 公平正大者로 하야곰 偏邪陰譎者가 되며 廣博周遍者로 하야곰 狹隘偏僻者가 되며 是非를 鑑別하는 者가 顚倒錯亂하며 感應이 神捷한 者가 窒碍不通하는 弊가 有하니라.

盖此物은 吾의 神聖한 主人翁이오 公正한 鑑察官이니 念慮의 善惡과 事爲의 是非를 對하거든 此主人翁과 此監察官을 欺치 勿하라. 此主人翁과 此監察官이 許與치 안코 命令치 아니하는 事는 卽行斷寘하고 許與하고 命令하는 事어든 人의 毁譽도 不問하며 事의 難易도 不較하며 身의 禍福도 不收하며 鋒刃이라도 蹈하며 湯火

215

라도 赴하야 必行必果하면 卽是果敢性과 自信力이니라. 此果敢性과 自信力이 富한 境遇에는 張子房大鐵椎의 光輝도 閃閃하고 華盛頓 自由鍾의 聲氣도 轟轟하나니라.

雖然이나 此主人翁과 此監察官의 地位를 尊重케 하며 能力을 發達케 하자면 반다시 平日 修鍊의 積工으로 以할지니 修鍊의 處所는 憂患困難이 第一學校라. 此學校에서 卒業을 得하면 天下의 難事가 無하고 險塗가 無하야 重大한 責任을 擔負하고 曠絕한 事業을 做得하나니라. 現在 朝鮮靑年이 第一學校에서 遊學하니 正是好消息이라. 此는 天이 朝鮮靑年을 爲하야 開設한 바로다.

無耻生이 曰一切蠢動이 均有生氣로데 或天然的 壓力이 有하거나 或外來的 壓力이 有하면 發達을 不得하나니 故로 曰奴隷의 種은 聖賢이 不生이오 踐餘의 草는 萌蘖이 不長이라. 現在 朝鮮의 情況으로 言하면 六七年來에 社會의 思想도 稍히 感觸되고 靑年의 志氣도 稍히 奮發되야 國中에 學塾設立과 海外에 遊學程度가 頗히 發達하는 影響이 有하더니 其奈雷霆의 威와 泰山의 壓

이 益益增加하야 陵轢摧折이 更無餘地일세 於是乎天傾地塌에 一點生氣가 不存하고 水盡山窮에 一線生路를 不得이라. 此를 以하야 一般輿情이 皆絶望되고 落膽되는 狀態가 有하니 困難이 비록 天設學校나 如此히 極甚한 境遇에는 實로 天賜의 福으로 認키 難하니다.

帝ㅣ 曰物의 動力은 壓力으로 因하야 生하나니 朝鮮人은 壓力을 被함이 極度에 達치 아니하면 動力이 生치 못할지니라.

無恥生이 曰何로 以하야 然하닛가. 帝ㅣ 曰朝鮮은 本來小國人으로 自小自奴한 者ㅣ아닌가. 國의 大小가 엇지 天劃으로 一定한 者가 有하리오. 成湯은 七十里의 小國이오 文王은 百里의 小國으로 天下의 大를 有하얏고 秦은 西戎의 僻小로 四海를 併呑하얏스 越은 會稽의 敗殘으로 强吳를 戰勝하얏고 現時代에 가쟝 强大雄傑한 國으로 觀할지라도 英과 我의 舊國歷史는 皆歐洲小國이라.

今에 英은 四萬里의 屬地를 開拓하며 俄는 三萬里의 領土를 擴張하지 아니 하얏는가.

朝鮮의 地理形便으로 觀하면 前面은 大洋이오 後面

은 大陸이라.

萬一英雄其人이 有하야 活動의 能力을 養하고 進取의 長策을 行하얏스면 太平洋이 卽朝鮮海오 北方大陸이 亦朝鮮土라.

海上權과 陸上權이 皆朝鮮人의 所有가 되야도 可할지어늘 奈何로 朝鮮人의 思想은 國의 大小를 天定으로 認하야 曰我는 小國小國이라 하야 敢히 大國의 服事를 恪謹치 아니하리오 하며 敢히 面外의 一步地를 妄想하리오하야 惟是事大의 主義를 恪守하며 鎖國의 政策을 固執하야 他國을 事하되 天을 事홈과 갓치 一言一字를 不敢疎忽하며 豆滿과 鴨綠과 對馬海峽을 天限으로 認하야 其民이 或蹙越하는 者ㅣ 有하면 潛商犯越의 罪로 誅戮을 輒行하얏스니 慘哉悲哉라. 朝鮮人民은 長久히 牢獄生活을 不免하얏스니 엇지 産業의 發展과 時勢의 感覺이 有하리오.

如此한 小朝廷小山河에 비록 管葛의 政略이 有할지라도 施할바 無하고 孫吳의 將材가 有할지라도 用할바 無한즉 다만 政界에 在한 者는 政權爭奪이 大事業이오 黨論主張이 大義理라 其人民을 對하야는 魚가 同類를

食하며 狗가 殘骨을 爭홈과 如하야 互相侵奪하고 互相殘害홈이 最優手段이라. 此는 自小的 恨性으로 以하야 自奴的 恨性이 되고 自奴的 恨性으로 以하야 頑鈍嗜利로 沒有廉恥者의 根性이 된 바니 此에 對하야 極甚한 壓力이 아니면 其根性을 變移하야 動力이 生키 不能이오.

且其對外競爭이 無하고 向外進取가 無한 故로 優遊歲月에 一事를 做할 바 無하고 一謀를 發할바 無한지라. 於是에 恬嬉 姑食의 習과 怠惰安逸의 風과 流連荒淫의 事가 全禮社會에 傳染되고 沉痼되야 志氣를 鎖鑠하고 四肢를 疲荼케 함으로 戶外의 微風을 敢히 觸冒치 못하며 頭上의 飛蠅을 能히 撲逐치 못하야 活動精神이 全無하고 奄奄垂死의 狀態를 作함에 至하얏스니 此도 또한 極甚한 壓力이 아니면 其惰氣를 振作하야 動力이 生키 不能이라.

昔支那全國時代에 墨子는 宋人이라. 宋은 弱小의 國으로 晉楚交爭의 衛에 居하야 凌壓을 被홈이 最甚한지라. 墨子가 此에 觀念으로 救國主義가 切摯하야 摩頂放踵이라도 利天下則爲之하는 主義를 發表함이 有하

고 楚가 宋을 攻코져할세 墨子門人이 此를 諫止하기 爲하야 楚에 往하야 死者가 七十餘人이라. 故로 戰國時代에 抑强扶弱의 主義를 實行할 義俠風氣가 最强함은 皆墨子의 敎化니라.

朝鮮은 自前으로 永久히 他國의 附庸待遇를 受하야 平等地位를 失한 餘에 今日 現狀의 罔極한 恥辱과 無限한 苦痛을 遭遇하얏스니 맛당히 熱血男子가 激烈한 救國主義로 祖國同胞를 對하야 世界人道의 平等主義를 大聲疾呼하야 其同胞로 하야곰 下等地位를 棄却하고 上等地位로 前進할 思想을 激發케 할지며 又世界各社會를 對하야 同情을 要求할지로다.

朝鮮同胞로 하야곰 世界上 優等民族을 對하야 平等知識이 有하고 平等資格이 有하면 不道不法의 强力壓制를 脫하고 平等地位를 占得할 能力도 有할지며 況平等主義는 皇天이 許하시고 時代의 氣運이 趨向하는 바오 又世界文明社會의 同情하는 바라. 自由主義가 發達하는 時代를 因하야 華盛頓의 獨立旗가 凱歌를 奏하얏슨 즉 今日은 平等主義가 發達하는 時代가 若其熱血男子가 有하야 平等主義로써 同胞를 警醒하고 世界에 發

表하면 엇지 大好結課가 無하리오. 此는 目下困難이 實로 朝鮮靑年의 大有爲大有望한 機會러라.

無恥生이 曰臣이 일즉 敎育界에 周旋한 바 有함이 우리 朝鮮靑年이 聰明才慧함은 實로 他國人보다 超勝한 恣質이 有하야 學問成就는 有望한 者ㅣ 多하나 其人格이 雄偉磊落하며 剛毅堅忍하야 龍騰虎躍의 氣象과 風馳電掣의 手腕으로 事業上 能力이 具足한 者는 鳳毛麟角보다 稀貴하니 此是最大缺點이라. 故로 精神敎育이 第一必要하고 精神敎育의 材料는 古代偉人의 歷史가 必要한지라.

大抵 天地開闢 以來로 我東洋世界의 英雄歷史를 論하는 者는 大金太祖皇帝와 蒙古帝成吉思汗을 稱하느니 陛下는 東方一隅에 小部落으로 崛起하야 少數의 民族과 少數의 兵力으로 數年을 不逾하야 遼를 滅하며 宋을 取하야 海內를 征服하얏스니 此는 天下萬古의 未有한 功業이오 成吉思汗은 北漠荒地에 一小國으로 南征北伐에 所向無敵하야 亞細亞歐羅巴兩大陸을 蹂躪하얏스니 此는 亞歷山大와 拿破侖의 比擬할 바 아니라. 然하나 成吉思汗은 彼蒙古族의 英雄이어니와 陛下는 我

高麗族의 英雄이시니 陛下의 一生歷史로써 우리 靑年 子弟의 腦魂을 警發케 하면 크게 效力이 有할가 하노 니다.

帝ㅣ 曰白頭山이 屹立大荒하고 豆滿江이 長流萬古하 니 此는 朕의 發迹地라. 我東方民族이 此에 對하야 엇 지 朕의 舊蹟을 想像하는 念이 無하리오. 然하나 時勢 가 不同하면 事業이 亦異하나니 即今時代가 八百年前 과 逈然不同한지라. 八百年前은 家族時代어니와 即今 은 民族時代오 八百年前은 陸戰時代어니와 即今은 海 戰時代오 八百年前은 弓矢時代어니와 即今은 銃礮時 代라. 朕은 家族의 强力으로 天下를 征服하얏거니와 即今은 民族의 强力이 아니면 不能이오 朕은 陸戰의 無 敵으로 天下를 征服하얏거니와 即今은 海戰의 無敵이 아니면 不能이오 朕은 弓矢의 神藝로 天下를 征服하얏 거니와 即今은 銃礮의 神藝가 아니면 不能인 즉 朕의 歷史가 엇지 今日 靑年의게 適合함이 有하리오. 然하 나 朕의 精神的 歷史는 或後人의 腦力을 助長할바 有할 지니 試하야 推想하라.

朕의 舊國은 女眞이라. 初에 遼의 藩屬이 되야 世世

로 節度使職을 受한지라 遼使가 至하면 君臣이 皆迎拜
舞蹈의 式이 有하되 朕이 幼時에 在하야 此를 不肯하니
遼使가 大怒하야 欲殺하되 朕이 不懼하얏고 遼의 無禮
侵索을 赫然奮怒하야 兵을 擧하얏스니 此其精神的 歷
史의 推想한 者ㅣ 一이오, 朕이 初次에 兵을 擧하야 傍
近各部를 征討할세 甲士七十餘人을 得하고 곳 天下에
橫行하야 宇內에 進取할 志가 有하얏스니 此其精神的
歷史의 推想할 者ㅣ 二이오, 遼는 天下의 强大한 國이
오 宋은 世界의 文明한 國이어늘 此를 곳 枯를 摧하며
朽를 拉홈으로 認하얏스니 此其精神的 歷史의 推想할
者ㅣ 三이라.

萬一其時에 朕으로 하야곰 遼의 强大를 恐畏하며 宋
의 文明을 崇拜하얏스면 東荒一隅小部落의 生活도 保
全키 難할지니 엇지 世界歷史에 大金國榮譽가 有하리
오. 惟其目中에 强大者도 無하고 文明者도 無한 故로
如許한 結果가 有한바니 此는 朕의 一副精神이라.

今에 朝鮮靑年도 其膽勇을 養하고 胸衿을 拓하되 彼
我의 大小强弱이 無하야 何等强大者를 對할지라도 畏
他의 念은 不存하고 勝他의 志를 決하며, 何等文明者를

對할지라도 羨他의 念은 不存하고 取他의 志를 決하야
可히 靑年의 資格이 有한 者며 將來의 希望이 有한 者
라 謂할지니라.

　無恥生이 曰金史에 云하얏스되 陛下께서 兵을 率하
고 夜에 黑龍江을 渡할세 鞭으로 兵士를 指하야 曰予의
馬首를 是瞻하라 하심이 兵士가 隨하야 渡하얏더니 及
其渡後에는 水深不可測이라 하얏스니 此等事는 近世
科學者가 往往不信하나 臣은 以爲하되 此乃陛下精神
力의 所致라 하노이다.

　帝ㅣ 曰然하다. 人의 精神이 一到하면 天地가 爲하야
感格하나니 何事를 不成하리오.

　無恥生이 曰陛下의 用兵이 如神하야 所征必克하거
늘 何必코 如此히 危險을 冒함이 有하닛가.

　帝ㅣ 笑曰天이 朕을 命하야 天下를 濟케 하시니 엇
지 一帶江水의 險을 畏하야 破賊의 機를 失하리오. 惟
其冒險的 精神이 如此한 故로 天下를 弘濟한 結果가 有
하니라. 然하나 此等事는 實로 尋常科學者의 思議할바
아니로다.

　無恥生이 曰冒險二字는 人의 事業을 購得하는 代價

物이라. 故로 世界偉人의 歷史를 槪言한건데 隻身萬里에 四度航海하야 舟人의 謀殺을 不怖하고 有進無退的 精神으로 阿美利加 新大陸을 發見한 者는 哥倫布其人이오 (西班牙人) 一個 僧侶의 身分으로 各國君主를 足底에 匍匐게 하는 敎皇의 威力을 反抗하야 信敎自由의 旗를 倡立한 者는 馬丁路得其人이오 (日耳曼人), 一葉片舟로 地球를 一周하야 萬死를 冒한지 三年에 太平洋 航路를 得하야 東西兩半球의 交通하는 路를 開鑿한 者는 麥志尼其人이오 (葡萄牙人) 探險思想으로 數萬里 沙漠을 越하야 亞非利加 內地를 踏査하야 瘴氣와 戰하며 土蠻과 戰하며 猛獸와 戰한지 數十年에 全非洲를 開通하야 自人의 植民地를 拓得한 者는 立漫斯敦其人이오 (英國人), 歐洲十六七世紀에 新舊敎徒 戰爭으로 日耳曼人이 新敎徒를 勦滅하야 殆히 遺類가 無하거늘 蕞爾한 小國의 兵力으로 螳螂拒轍의 勢를 不顧하고 人類를 爲하야 命을 請하야 人民의 塗炭을 拯濟하고 一身의 犧牲을 不悔한 者는 亞多法士其人이오 (瑞典國王), 國勢의 積弱을 挽回하고 民智의 愚陋를 開導하기 爲하야 萬乘의 尊으로 外國에 旅行하야 親히 傭作者가 되

야 技術을 學하야 國民을 敎授함으로 世界雄國을 造成한 者는 大彼得其人이오 (俄羅斯皇帝), 國君의 專制不法을 反抗하야 義氣를 擧하야 國會軍과 血戰한지 八年에 弑君의 名을 不拘하고 立憲政體를 制定하야 世界憲法의 師範이 된 者는 克林威爾其人이오 (英國人), 美洲人民이 英國의 羈絆을 被하야 租稅의 煩重과 人權의 蹂躪을 不堪함이 一個 窮峽農夫로 獨立의 旗幟를 揭하야 苦戰한지 八年에 國의 獨立을 成하고 人의 自由를 復하야 地球上一等各國의 榮譽와 福利를 享한 者는 華成頓其人이오 (美國人), 法國의 革命風潮가 擾亂하야 大陸이 震驚하고 擧國이 鼎沸하는 日에 軍隊中 一小將校로 奮起하야 四方을 征伐하야 全歐를 席捲한 者는 拿破侖其人이오 (法國人), 荷蘭人은 久히 西班牙의 服屬이되야 宗敎의 壓制와 虐政의 憔悴가 極甚하더니 一個亡命志士로 日耳曼地方에서 義旅를 募集하야 血戰한지 三十七年에 國權을 回復하고 身은 刺客의 手에 斃하되 悔恨이 無한 者는 維廉額門其人이오(荷蘭人), 美國이 數十年前에 奴隷販買의 風으로 人道가 滅絶되고 南北分裂의 機가 危凜하더니 一個舟人의 子로 此局을 當하

야 正理로 宣戰하고 民義로 決勝하야 一身을 草芥하야
國民의게 獻함으로 平等의 理想을 實行하야 天下의 法
則이 된 者는 林肯其人이오(美國人), 意大利 民族이 久
히 奧國人의게 奴隸待遇를 受하더니 一個 翩翩少年이
異域에 逃竄하야 國魂을 唱하고 靑年敎育을 務하야 맛
참네 其國으로 하야곰 獨立의 地位를 回復한 者는 瑪志
尼其人이라(意大利人).

此皆 冒險的 精神으로 百難不屈하고 萬死必往하야
其事業의 目的을 得達함은 確的한 事實이라. 然하나
此冒險二字에 對하야 能言하는 者ㅣ 多하되 實行하는
者ㅣ 少하니 엇지 可歎할 者ㅣ 아니닛가.

帝ㅣ 曰此를 實行치 못함은 他故가 아니라 其人이 事
業上 志望은 有하되 但危險의 機가 目下에 橫在한 故로
且前且卻하야 其目的地에 得達치 못하나라. 故로 人이
如何한 事業을 目的하얏슬진데 惟一精神으로 但히 此
目的만 見하고 其他를 不見하여야 冒險의 實行을 得할
지니라. 朕이 兵을 率하고 黑龍江을 渡할 時에는 眼前
에 敵을 取할 形便만 見하고 水의 深淺을 不見홈이라.
此를 推하야 行하면 萬事가 皆然하니 今에 朝鮮靑年도

眼前에 다만 祖國과 民族을 見하고 其他一切는 都無所
見하면 冒險을 實行키 不難하니라.

無恥生이 曰陛下께서 家族의 强力으로 天下를 征服
함은 歷史上 事實이라 當時 征伐의 擧가 有하면 父母兄
弟가 一體從軍하야 大將이되며 偏將이 되며 前鋒이 되
며 後勁이 되며 將校가 되며 卒兵이 되야 家族의 血로
써 軍團의 體를 成한지라. 是로 以하야 其兵은 精하야
力이 齊하고 其將은 勇하야 志가 一하니 此其天下의 無
敵한바라.

卽今은 世界各國이 皆其全體民族의 力으로 競爭하는
時代인즉 民族團體의 力이 아니면 他族을 對하야 觝
敵키 不能이오 取勝키 不能이라. 故로 現世界에 優等
地位를 占한 民族은 皆團結의 精神과 團結의 勢力으로
써 競爭의 準備를 完固케 할세 政治界의 宗敎界와 敎育
界와 實業界와 軍事界가 皆其團體의 機關으로써 衆智
를 合하야 一團의 智가 되고 衆力을 合하야 一團의 力
이 되는 故로 其基礎가 鞏固하고 其實力이 健全하야 所
算을 必獲하며 所爲를 必成하고 他를 對하야 競爭하는
境遇에도 失敗가 必無하고 勝利를 必得하는 바오, 若其

團結의 精神과 團結의 勢力이 無한 者는 萬般事業이 皆他族의게 屈服한 바 되고 失敗한 바 되야 一切政治權과 敎育權과 實業權과 軍事權이 皆他人의 所有를 作하고 自己는 一毫自由權이 無하야 生存을 不得하는 悲境에 至하는 지라.

吾邦人士도 此에 感觸되야 如此히 競爭이 劇烈한 時代에 自保自存의 方策으로 國民團體의 必要的 主義를 提倡하고 說明하는 者ㅣ 有하나 年來에 目擊한 狀況으로 以하건데 國民全體의 團合은 尚矣勿論이오 幾個人數로 組織한 小團體라도 一團의 內에서 互相權利를 爭하고 互相勢力 爭하야 籠中의 鷄鬪와 如하며 筒中에 蜂戰과 如하야 畢竟 分離潰決로 他人의 嗤笑를 貽하는 者ㅣ 多하고 其中 所謂多數團體는 더욱이 自立的 精神은 無하고 依賴的 行動으로 他人의 利用을 作하야 祖國을 販賣하고 同胞를 殘害함으로써 世界上 極醜極劣의 本色을 現出하얏스며 至若 海外各地에 移住한 同胞는 流離漂泊한 踪跡으로 互相親愛의 情도 特異할지며 殊方異族을 對하야 外禦其侮의 思想도 有할지며 困難苦楚한 中에 天賦한 良心도 發生할지어날 乃其 무삼 權

利와 무삼 勢力을 爭하는지 互相猜忌하고 互相擠排하야 黨派의 分裂이 多有하며 最其可病者는 個人的 行動으로 外人의 狎近한 奴隷가 되며 狐假虎威로 揚揚自得하고 無罪한 同胞를 死地에 擠陷하기로 活計를 作하는 者ㅣ 甚多하니 虎狼도 同類를 不食하거늘 似此劣種은 人類는 姑舍하고 獸類에도 無한 者라.

大抵 一切人類가 皆天地의 氣를 受하야 身體가 되고 天地의 靈을 受하야 心性이 된 故로 曰四海의 人의 皆 吾同胞오. 至若一祖의 孫은 血脈關係가 有한즉 相愛의 情이 尤當親切할바라. 我大東民族은 何鄕의 産과 何姓의 派를 勿論하고 均是 檀祖의 血孫이라 誰가 吾의 親切한 兄弟가 아니리오. 此를 顧念하는 바 無하고 自相殘害가 如此한 즉 畢竟은 同歸漸滅할 뿐이니 此에 念及하면 拊膺痛哭을 實不能已라. 此에 對하야 如何한 方法으로 其極劣極惡한 性根을 拔去하고 仁愛心과 公德心을 培養하야 相親相愛의 情으로 相殘相害의 事가 無하고 國民團體의 神聖한 主義와 鞏固한 勢力으로 自保自存을 得하야 天地間에 我檀祖血統이 終乃泯滅하는 境遇에 至치 아니하릿가.

帝ㅣ 曰爾言이 可悲오. 爾心이 良苦로다. 此乃民族의 存滅機關이오 根本問題라. 其言이 安得不悲며 其心이 安得不苦리오. 朕이 其根本問題에 就하야 明以言之호리라.

盖人의 心事가 只有善惡二字하니 善惡의 幾는 不容一髮이라. 故로 曰忠臣義士와 亂臣賊子가 一念의 差에 在하다 하니라. 盖朝鮮은 自古로 稱하야 曰君子國이라 하며 體義之邦이라하야 四千年 神聖后裔의 歷史가 有한 民族이 아닌가. 其民이 溫和忠順하야 麤暴頑惡者가 아니오 聰明敏慧하야 愚蠢野昧者가 아니어늘 何故로 今日에 至하야 極劣極惡한 種類에 墮落하얏는가. 此는 無他라 由來自小自卑의 習慣이 流傳하야 一種鄙陋의 性質을 養成한 緣故라.

盖過去歷史로 言하면 高句麗時代가 오직 武强의 風氣와 獨立의 性格이 有하고 新羅 中葉에 至하야 一時 政策으로 他國을 依賴한 行動이 有하얏스나 猶能 自衛的 精神은 不失하야 對外競爭의 事가 有하얏고 高麗末에 至하야 비록 蒙古의 非常한 壓制를 被하얏스나 自强의 風이 全不墜地하얏고 崔瑩갓한 好個男兒가 域外의

經營으로 征遼의 擧를 倡한 者도 有하얏더니 伊後五百年間은 純是附庸時代오 閉鎖時代라. 對外競爭과 向外進取는 夢想者도 初無한즉 血氣의 類가 何者를 競爭할가. 惟是私權私利로 自內競爭할뿐이라. 於是乎政黨의 競爭과 學派의 競爭이 生하야 互相攻擊이 紛紜不已하얏스니 彼輩思想은 此等競爭의 勝利로써 鉅鹿大戰에 項羽가 秦兵을 破하며 赤壁一役에 周瑜가 曺操를 破한 듯 하나 此에 對하야 稍히 磊落한 男子의 眼孔으로 觀하면 彼等의 所爭이 不過是蠅頭微利오 蝸角虛名이라.

如此히 鄙陋한 行爲로써 不世의 事業으로 認하고 一等의 義理로 做하니 所以로 其國民이 皆鄙陋한 風化에 薰染하야 各其自己分內에 私權私利를 競爭함으로써 第二天性을 成하얏슨즉 엇지 國家를 顧念하고 同族을 親愛하는 公德心과 義俠心이 有하리오.

然則 今日에 至하야 賣國禍族하는 極劣極惡의 行動이 卽是鄙陋二字의 結果오 社會界에 處하야 公體를 不顧하며 公議를 不存하고 但其私意私見으로 猜忌하고 爭鬪하야 團合이 不成하고 潰裂이 相續한 者도 또한 鄙陋二字의 結果라. 鄙陋의 貴處는 禽獸오 禽獸의 歸處

는 人의 驅逐과 屠殺을 當할 뿐이라. 然하나 此는 人類의 天然的 性質이 아닐뿐더러 朝鮮人民은 原來 神聖種族이라. 但過去時代의 卑劣塵陋한 風習으로 以하야 愈下愈落으로 此에 至함이니 엇지 可哀可矜한 者ㅣ 아니리오.

朕이 朝鮮民族의 普通敎育을 爲하야 海上普通學校와 大陸普通學校를 建設하기로 經營하노니 海上學校敎師는 西班牙人 哥倫布를 延聘하야 航海術을 敎授하면 其眼目이 開廣하야 狹隘한 心胸을 洗滌할것이오 大陸學校敎師는 蒙古大臣 耶律楚材를 延聘하야 亞歐大陸에 馳聘하던 精神으로 敎授하면 其身體가 鍛鍊하야 軟弱한 性質을 改良할지라. 知此하면 由來鄙陋한 風習이 自然爭盡하고 新知識과 新道德으로 同胞를 親愛하는 思想도 有할지며 他民族을 對하야 人格을 不失할 效果도 有할지니라.

無恥生이 曰陛下께서 우리 民族의 生命을 救活하실 主義로 此等敎育의 經營이 有하시니 願切히 感激涕泣함을 不勝이로소이다. 然하나 凡物의 種이 原質이 不好하면 비록 他處에 移植할지라도 佳種이 되지 못하느니 우리 民族이 本來 神聖后裔이지만은 過去 幾百年間에 鄙陋한 風習이 生育界에 遺傳性이 되얏슨즉 即是出胎以前에 病根이라. 所以로 年來에 우리 民族이 或海外各地에 移住하야 異國山川에 眼目도 開하고 他族風潮에 感化도 有할지나 終是同胞社會의 團合程度는 期望이 渺然하니 此是原質이 不好한 緣故인지 帶來한 病根이 不去한 緣故인지 臣이 此에 對하야 더욱 恐懼危懍의 情이 切至한 바로 소이다.

帝ㅣ 曰此ㅣ 엇지 原質의 罪리오. 必是 病根이 不去하야 然함이니라. 비록 海外에 移住한 者라도 佳良한 敎育의 精神이 腦髓中에 入한 바 無하면 即是舊日朝鮮의 人이라. 엇지 新國民의 資格이 有하리오. 此는 朕이 宏大한 學校를 建設하고 高等敎師를 延聘하야 佳良한 敎育을 施코져 함이라. 萬一 朝鮮民族이 均히 此等敎育을 被하야 個個히 發達하고 飛騰하는 境遇이면 其強壯活潑한 氣象과 恢弘闊達한 器量이 彼三島中種族의 跂及할 바 아닐지라. 彼는 다만 海上舟楫의 生活로 冒險活動하는 力이 有하거니와 我民族은 海上에 活動과 大陸에 飛騰하는 資格을 兼備하면 엇지 彼보다 優勝치

아니 하리오. 爾는 其成蹟如何를 姑待하라.

　無恥生이 曰以上天設學校는 時代의 關係로 靑年의 資格을 鑄造하는 處所오 海上普通學校와 大陸普通學校는 地理의 方面으로 國民의 性質을 改良하는 處所인즉 敎育機關이 宏大하다 謂할지니 從此로 우리 民族의 前途는 크게 希望할바 有하거니와 此外도 다시 精神敎育의 必要한 學校가 有하오닛가.

　帝ㅣ 曰檀君大皇祖의 建設로 四千餘年 傳來한 學校가 有하야 其位置가 佳麗하고 規模가 完全하니라.

　無恥生이 曰伏願하건데 陛下의 特愛를 蒙하야 우리 神祖의 建設하신 學校를 拜觀케 하오면 實로 格外의 恩賜로소이다.

　於是에 特旨로 大臣宗望等을 命하야 指導케 하시니 其位置가 白頭山下에 在하야 西으로 黃海를 面하며 北으로 滿洲를 枕하며 東으로 碧海를 帶하며 南으로 玄海를 界하엿더라 檀木下에 一條大路가 坦坦平平하야 學校를 直達하는데 無窮花와 不老草가 爛漫輝映하야 風景도 佳麗하고 一般學徒의 衛生할 處가 極히 良好하더라 無數한 小學校가 星羅棋鋪하얏스나 一一히 視察키

不遑하고 第一著名한 大東中學校를 訪하니 大門外에 金剛石으로 學校建設한 歷史를 刻하야 立하얏는데 開校日은 距今四千二百四十四年前戊辰十月三日이러라.

進하야 校長室을 拜하니 後朝鮮太祖文聖王箕子께서 校長이시니 室內에 洪範圖와 八條教를 揭하얏고 校監은 高麗安裕氏러라. 講室은 數千間인데 天文學 教師는 新羅 善德女王께서 瞻星臺의 制度를 說明하시고 百濟 王保孫氏는 天文學을 日本國에 傳授키 爲하야 前往하얏더라. 地文學 教師는 彭吳氏인데 檀祖時代에 國內山川을 開通하던 歷史를 說明하고 倫理學 教師는 後朝鮮 少連 大連氏와 新羅 朴堤上氏오 體操 教師는 高句麗 泉蓋蘇文氏가 三尺虯髥의 凜凜한 風采로 身에 數十個長刀를 佩하고 運動場에서 口令을 發하며 또 劍術을 教授하고 國語 教師는 新羅 薛聰氏오 歷史 教師는 新羅 金居柒夫氏와 高句麗의 李文眞氏의 本朝 安鼎福氏오 化學 教師는 新羅 崔致遠氏와 本朝 楊士彦氏오 音樂 教師는 伽倻 于勒氏와 新羅 玉寶高氏오 圖畵 教師는 新羅 率居와 高句麗 曇徵兩禪師인데 曇徵은 日本圖畵學 教授로 應聘하얏더라. 算術 教師는 新羅 夫道氏오 物

理 教師는 本朝 徐敬德氏오 修身教師는 高麗 崔冲氏러라. 講室側에 活字機械室이 有하야 萬卷書籍을 印出하니 此는 本朝 太宗大王께서 創造하신바인데 世界各國中에 最先發明한 活字러라.

中學校 西南偏에 極히 宏壯한 學校가 有하니 一은 陸軍大學校인데 校長은 高句麗 廣開土王이시오 教師는 高句麗 乙支文德氏와 高麗 姜邯贊氏인데 乙支文德氏는 薩水大戰에 隋兵百萬을 鏖殺하던 事實을 說明하며 姜邯贊氏는 興化鎭에서 契丹兵 數十萬을 擊破하던 事實을 說明하고 一은 海軍大學校인데 校長은 新羅 太宗大王이시오 教師는 高麗 鄭地氏와 本朝 李舜臣氏인데 鄭地氏는 湖南海道에서 倭船百二十艘를 大破한 事實을 說明하며 李舜臣氏는 鐵甲龜船을 創造하야 倭船數百艘를 盡滅한 事實을 說明하더라.

因하야 各專門大學校를 拜觀하니 政治大學校 校長은 渤海 宣王이시고 教師는 本朝 柳馨遠氏와 丁若鏞氏러라. 法律大學校 校長은 新羅 法興王이시오 教師는 新羅 孝昭王祖에 律學博士 六人이리라.

農業專門學校 校長은 百濟 多婁王이시니 稻田耕作의

法을 廣布하고 敎師는 新羅 智證王께셔 牛耕의 便利를 說明하시고 養蠶과 績麻는 新羅 百濟의 王宮夫人이 敎授를 任하고 茶産은 新羅 大廉氏가 支那의 種을 求하야 智異山에 種植하고 木綿은 高麗 文益漸氏가 支那南方의 産을 移하야 國中에 多種하더라.

工業專門學校 校長은 百濟 蓋鹵王이시오 敎師는 新羅 智證王과 百濟 威德王과 新羅 異斯夫氏와 百濟 高貴氏라. 高句麗의 革工과 百濟의 陶工과 冶工과 鞍工과 漆工과 美術工과 新羅의 鍮工과 盤工과 繡工과 佛像鑄造工과 織機工과 造船工이 各種業이 크게 發達하야 各國에 冠絶하고 又各工師가 日本國의 敎師로 往한 者가 甚衆하고 高麗 崔茂宣氏는 火砲의 製造로 倭船을 聲破한 事實을 說明하더라.

醫學專門學校 校長은 百濟 聖王이시오 敎師는 新羅 金波鎭氏와 漢記武氏와 高句麗 毛治氏와 本朝 許浚氏인데 毛治氏는 日本敎師로 往하얏더라.

哲學專門科는 支那哲學과 印度哲學의 兩科를 分置하얏는데 支那哲學敎師는 高麗 鄭夢周氏와 本朝 李滉氏와 李珥氏오 印度哲學敎師는 高句麗 順道와 新羅 元曉

와 高麗 大覺禪師러라.

文學專門科 校長은 本朝 世宗大王이시니 國文을 始製하야 國民의 普通學識을 啓發하시고 漢文教師는 百濟 高興氏와 新羅 任强首氏와 高麗 李齊賢氏와 本朝 張維氏오 百濟 王仁氏는 日本教師로 往하얏더라. 宗教學은 大皇祖의 神教와 東明聖王의 仙教와 支那의 儒教와 印度의 佛教가 次第興旺하야 學堂이 宏麗하고 教理가 昌明한데 儒教와 佛教는 日本國에 波及되얏더라.

右各學校의 拜觀을 畢了하고 卽返하야 復命하니 帝ㅣ 曰爾의 觀察한 狀況을 據하건데 其程度가 若何하던가. 對曰大皇祖의 教化가 隆昌하심으로 第一兒童을 教育하신 規模가 宏大하야 小學校의 設立이 星갓치 列하며 林갓치 立하얏스나 此를 視察하기는 不遑하얏나니다. 帝ㅣ 曰小學校는 國民教育의 根本이라. 國家의 進步하는 能力이 專히 此에 在하거늘 今에 視察치 못함은 一大遺憾이로다. 第一 著名한 中學校의 狀況이 若何하던가.

對曰中學校는 文聖王 箕子께서 校長이 되셧는데 洪範學은 天人의 極致오 八條教는 法律의 祖라. 其至理

와 妙用을 一時觀覽으로 窺測지 못할바오 至若 天文 地文 倫理 歷史 國語 化學 物理 算術 圖畵 音樂 修身等 各科敎師는 皆明睿한 天才와 精深한 學術로 講演이 滔滔하야 江河의 傾瀉함과 如하며 時雨의 浹洽함과 如하야 人으로 하야곰 手舞足蹈를 不覺케 하오며 第一 泉蓋蘇文의 體操와 劒術敎育이 活潑勇捷하야 龍騰虎躍의 奇觀이 有하더이다.

帝ㅣ 曰各科敎師가 皆其適한 人才를 得하얏스니 好箇靑年을 養成한 實效가 多大할지로다. 各大學校의 程度는 若何오. 對曰 政學 法學 兵學 農學 工學 醫學 哲學 文學 各專門科가 皆高尙한 地位를 占하얏는데 最其良好한 者는 軍事敎育과 工事敎育이 實로 世界의 特色이오나 但商業敎育이 發達치 못한 것이 一大缺憾이러이다.

帝ㅣ 曰此는 由來朝鮮人이 海上貿易에 注意치 아니한 所以라. 現今世界는 航海을 勉勵하야 海權을 占領하고 商業을 擴張하는 것이 最先問題라. 如斯히 人種이 盛滿하고 競爭이 劇烈한 時代에 陸地生活로 난愉快한 滋味를 得지 못할 것이오. 國家權利로 言하야도 海

洋으로 疆土를 삼고 舟船으로써 家屋을 삼지 아니하면 活動할 舞臺가 狹窄하야 競爭의 勝利를 得키 難하니 故로 現時代의 雄飛活躍하는 國民의 競爭點은 一曰海上權이오 二曰陸地權이라.

此는 朕이 朝鮮民族의 敎育을 爲하야 海上普通學校를 建設코져 하는 主義니라.

無恥生이 曰檀君大皇祖께서 建校하신 基礎가 如斯히 鞏固하며 規模가 如斯히 完備한 中에 第一良好한 者는 軍事敎育과 工事敎育이라. 故로 世世子孫이 其福利를 亨受하야 人格의 完全홈과 國體의 健强함을 得하야 四千餘年 歷史의 光輝가 爀爀하며 海外殊族이 皆其風化를 漸被하야 我를 敬畏하고 師範하더니 奈何로 過去幾百年間은 指導者의 方針이 失當하야 然홈인지 一般人心이 皆浮榮을 是慕하고 虛文을 是尙하야 性理의 皮膚로써 名譽를 釣弋하며 文詞의 雕琢으로써 心術을 破壞할 뿐이오.

政學 法學 兵學 農學 工學 醫學 各專門科에는 學種을 撤廢하고 門庭이 冷落하니 士는 可用의 實才가 無하고 國은 自立의 能力이 無함으로 究竟結果가 四千餘年 祖

國歷史로 하야곰 九地下에 沉淪케한 現狀이 有한지라. 前日은 我를 先生으로 稱呼하던 者가 今日은 我를 奴隸로 稱呼하고 前日은 我를 神聖으로 待遇하던 者가 今日은 我를 獸畜으로 待遇하니 天荒地老인덜 此恥가 何涯며 海渴山崩인덜 此痛이 何極이리오. 수에 何等方法으로써 우리 大皇祖의 建設하신 學校를 雙手로 高奉하야 九天上에 置하고 四千餘年 歷史의 光明을 一層神聖케 하야 此恥를 雪하면 此痛을 洩하올잇가.

帝ㅣ 曰這方法을 엇지 他에 求하리오. 恥를 知하고 痛을 知하는 것이 卽是動力의 原因이니 故로 歷史學이 精神敎育의 必要한 者가 되나니라. 前日에는 我의 文明이 彼보다 勝한 故로 彼가 我를 先生으로 稱呼하며 神聖으로 待遇하얏고 今日은 彼의 文明이 我보다 勝한 故로 我를 奴隸로 稱呼하며 獸畜으로 待遇하느니 今日이라도 我의 文明이 進步하야 彼보다 勝하면 奴隸의 稱呼가 變하야 先生이 될 것이오 獸畜의 待遇가 變하야 神聖이 될지니 엇지 恥를 雪치 못하며 痛을 洩치 못함을 慮하리오.

故로 現在 天設學校中에서 一般靑年의 果敢性과 自

信力과 冒險心을 鍛鍊하고 朕의 徑營하는바 海上普通
學校와 大陸普通學校中에서 一般人民의 團合心과 活
動心을 啓發하고 四千餘年 歷史學校中에서 知恥心과
知痛心을 激發하야 各科敎育이 一致發達하는 日이면
九地下에 沉淪한 朝鮮國旗가 更히 九天上에 逍遙함을
得할지니라.

無恥生이 曰往昔大金國歷代에 特別히 父母의 邦과
同族의 誼를 爲하야 恒常親愛의 情을 發表함은 兩國史
籍에 歷歷可證할바오 至今은 陛下의 陟降在天하신 靈
明이 同族의 人民을 眷念하사 現在의 苦痛을 拯濟하시
기 爲하야 窈窈冥冥한 中에 神化妙用으로 指導開牖하
심이 有한 것은 實로 受恩感激하야 所云을 不知하거니
와 臣의 區區發願은 陛下께서 斯世에 再現하야 赫赫神
武로 宇內에 馳騁하야 所謂二十世紀에 滅國滅種으로
公例를 삼는 帝國主義를 征服하고 世界人權의 平等主
義를 實行하는데 우리 大東民族이 先倡者가 되고 主盟
者가 되야 太平의 幸福을 世界에 均施하얏스면 無量한
恩澤이오 無上한 光榮이로소이다.

帝 ㅣ 曰昔者列國의 競爭이 不息함이 墨子의 非攻論

이 出하고 敎皇의 壓制가 甚함이 馬丁路得의 自由說이
昌하고 君權의 專制가 極함이 盧梭의 民約論이 行하고
强國의 壓力이 重함이 華盛頓의 自由義가 振하얏더니
此가 一變하야 達爾文이 强權論을 倡함으로부터 所謂
帝國主義가 世界에 獨一無二한 旗幟가 되야 國을 減하
고 種을 減함으로써 當然한 公例를 삼아 競爭의 禍가
益益慘劇함이 極度에 達하얏슨 즉 進化의 常例로 推하
건데 平等主義의 復活할 時期가 不遠한지라. 然則 今
日은 强權主義와 平等主義가 交換하는 際會이니 此際
會를 當하야 最終點에 極甚한 壓力을 被하는 者는 우
리 大東民族이오 壓力에 對한 感情이 最烈한 者도 또
한 우리 大東民族이라. 將來에 平等主義의 旗幟를 高
揭하고 世界를 號令할 者가 우리 大東民族이 아니오
其誰리오.

朕이 斯世에 再現할지라도 其目的의 履行者는 此主
義에 不出할지니 此主義를 履行하는 境遇에는 一個 阿
骨打(金太祖의 名)의 能力을 要求함보다 우리 民族中
에서 百千萬身의 阿骨打가 出現하야 斯義를 主倡하는
것이 더욱 有力할지니 爾는 朕의 此意로써 一般靑年界

에 傳囑하야 個個히 英雄의 資格을 自造하고 英雄의 事業을 自任하야 平等主義의 先鋒이 되기로 自强하면 朕이 上帝께 特請하야 其目的을 得達케 할지니 爾는 十分 銘念하라.

無恥生이 感激益切하야 俯伏涕泣하다가 更히 仰首而請하야 曰陛下께서 上帝의 命으로 人間의 善惡을 監察하야 禍福의 柄을 司하시니 目下吾邦에 就하야 賣國賊黨의 罪案과 愛國志士의 善行을 對하야 이미 決定하신바 有하오닛가.

帝ㅣ 曰此事는 不問可知라. 賣國賊黨의 惡籍과 愛國志士의 善籍은 이미 上帝의 裁可를 承하야 賣國賊黨은 阿鼻地獄에 永投하야 剉燒舂磨의 極刑을 施하고 愛國志士는 生生世世에 無量福樂을 賜予하기로 決定하니라.

於是에 無恥生이 天道와 神理에 就하야 恍然히 覺悟가 有한지라.

乃默念하야 曰余의 無似로 濫히 帝의 召命을 被하야 訓諭를 蒙함이 此에 至홈은 實로 我同胞의 生命前塗를 開導코져 하심이니 余가 엇지 至恩을 敢私하리오. 以

上數萬言의 訓諭로써 一般同胞의게 迅速히 宣希홈이 可하다하고 退出하기를 乞하니 帝ㅣ 曰少遲하라.

朕이 爾를 爲하야 特別히 寄托할바 有하다하시고 左右에 命하야 金花箋一幅을 取하야 榻前에 奉進함이 御筆로 六個大字를 書하야 宣賜하시니 卽太白陰陽一統六字라.

無耻生이 稽首謝恩하고 殿門外에 趨出하니 時에 金鷄가 三唱하고 海天에 日升이라. 大夢을 誰先覺고. 將來를 我自知니 惟我同胞兄弟는 此를 夢이라 謂하는가 眞이라 謂하는가. 夢이라 謂할진데 所言이 皆眞情이오 眞이라 謂할진데 所遊는 乃夢境이라. 此를 對하야 夢境에 眞情을 取하면 吾의 靈明이 天地神明으로 더부러 感應이 不差함을 可히 見得할지니 故로 曰三界萬物이 惟心所造라.

大哉此心이여. 其眞摯의 精神은 感激치 못하는바 無하고 造成치 못하는바 無하나니 曰我同胞兄弟여.

夢拜金太祖 終

조선 동포에게 고함

초 판 인쇄 1989년 10월 24일
개정판 발행 2018년 12월 20일

지은이 박은식
엮은이 김효선
발행인 김진남
펴낸곳 배영사

등 록 제2017-000003호
주 소 경기도 고양시 일산서구 구산동 1-1
전 화 031-924-0479
팩 스 031-921-0442
이메일 baeyoungsa3467@naver.com

ISBN 979-11-960665-9-8 (03810)
잘못 만들어진 책은 바꾸어 드립니다.

정가 12,000원